魔眼のご主人様。
My Master with Evil Eye
黒森白兎
Hakuto Kuromori
イラスト◆がおう
Gaou
TOブックス

目次

プロローグ……4
第一章　獣人の少女……12
第二章　旅立ちと最初の村……54
第三章　セイナン市へ……100

第四章 血影《ちかげ》 …… 156
第五章 悪意 …… 216
エピローグ …… 281
ミスティ …… 289
あとがき …… 302

魔眼の主
My Master with Evil Eye

illust.がおう design.AFTERGLOW

プロローグ

一頭の馬が、まるで狂ったかのような勢いで深い森の中を駆けていく。

だが、その背には騎手《きしゅ》もいなければ鞍《くら》もない。ただひとつだけ……使われているのは麻袋《あさぶくろ》であろうか？　奇妙な形の『荷物』が、その背に縄《なわ》で括《くく》り付けられていた……。


すると突然、その馬の身体は何かにぶつかったかのように吹き飛ばされて、数メートル先の大木《たいぼく》に激しく打ち付けられた。衝撃で何箇所も骨が折《お》れ、内臓《ないぞう》などにも深刻なダメージを受けたのだろう。倒れた馬は口から大量の血を吐《は》いていて、絶命は時間の問題である。

その五メートルほど離れた場所には、先ほどまで馬の背に縛《しば》られていた『荷物』が転がっていて、よく見れば破れた袋からは人間、それも子供と思しき小さな手が飛び出していた。


パキパキと木々が踏《ふ》み折られる音が響き、馬の巨体を軽々と弾き飛ばした存在がその姿を見せる。

それは……外見だけでいうならば、狼《おおかみ》である。

だが、そのあまりに巨大な体躯《たいく》が、すでにこの者がただの狼などではないことを雄弁《ゆうべん》に語っていた。

尻尾《しっぽ》の先まで入れた全長は、ゆうに十メートルを超えている。

その巨躯は、艶《つや》やかな黒銀《こくぎん》の毛で覆《おお》われていて、見た目だけなら巨大過ぎる狼だ。

だが、その額《ひたい》からは何かの結晶《けっしょう》で出来ているかのような黒く、やや透き通った長い一本のツノが生えており。それはすなわち、この者が普通の動物ではなく魔物、それも魔獣などと呼ばれて畏怖《いふ》される存在である証である。

深く澄《す》んだブルーの瞳。その視線は、目の前の血反吐《ちへど》を吐く馬……そしてあの『荷物』へと向けられていた。


放り出された衝撃で目が覚めたのか、はたまた元より意識があったのかは定《さだ》かではない。

だが、その魔獣の視線の先では、その『荷物』がまるで活《い》きの良いイモムシのようにジタバタとその身をくねらせている。

如何な強大な魔獣であったとて、狩猟《しゅりょう》はイヌ科の生物にとって本能的なものなのだろう。もぞもぞと動く『荷物』に興味を惹《ひ》かれた魔獣は、大き過ぎる身を低くして足音を立てずにゆっくりとそちらに歩を進めた。

何せこの巨体だ。数歩進むとすでにその前足が届く距離へと到達する。

嬉々《きき》として獲物《えもの》に迫《せま》り、下顎《したあご》が地面に触れるのではないかと思うくらいに伏せている様は、一般的なペットの犬のサイズなら、さぞや微笑《ほほえ》ましいヤンチャぶりに見えたことだろう。

だが、ここにいるのは十メートルを超す巨体を持ったツノのある狼型の魔獣。

その存在感は、見るもの全てに否応なく死を覚悟させるには十分過ぎた。

絶対的な絶望と死の権化《ごんげ》が、今その凶悪な爪の生えた前足をゆっくりと振り上げて……。

『そこまでにするがいい』

これほどの脅威《きょうい》に対して、平然と意見できる者などがいようか。

否。断じて否《いな》である。何故ならそれは発言した者の確実なる死を意味するのだから……だが。

おおよそ、重力というものを感じさせないような軽やかな身のこなしで、『彼女』は、樹上《じゅじょう》よりその場に降り立った。

一見すれば作り物のようでさえある、その整った美しい顔。なめらかなシルクさながらの金髪を風になびかせ、その間から飛び出した独特の尖《とが》った耳の形から、彼女はこの世界に存在する亜人種《あじんしゅ》の一種、エルフであると思われる。

フード付きの黒いロングコートを身に纏《まと》い、膝上《ひざうえ》まであるロングブーツ。通常のエルフが得意とする弓ではなく、彼女は白銀《はくぎん》に輝く見事な作りの細剣を腰に差していた。

グルルルゥウウ……。

この場に、もし第三者が存在していたならば、この光景を見てきっと腰を抜かすに違いない。

何故なら彼女は、低い唸《うな》り声を上げながら牙を剥き出しにして睨みつけてくる魔獣のすぐ前を、腰の剣を抜くこともなく、恐怖にすくみ上がるでもなく、ただただ自然体で歩いて行くのだ。

『止めておいた方がいい。お互いのためにもね……』

そう言って魔獣を一瞥《いちべつ》した彼女は、まずは倒れた馬の前に膝をついた。辛《かろ》うじて生きてはいるものの、吐き出した血が喉《のど》を塞《ふさ》ぎ呼吸すらままならないようだ。馬は激しく痙攣《けいれん》している。

『よく頑張ったね。もうおやすみ……』

その言葉が終わるのと同時に、チンという金属音が辺りに響《ひび》いた。次《つ》いで馬の首がスッとずれ、頭は血を噴《ふ》き出すこともなく静かに転げ落ちる。

いったい何が起こったというのか……。

場に居合わせたとて、それを視認出来る者は恐らくこの世に極《ごく》わずかしか存在すまい。

確かなのは、彼女の右手が腰の細剣の柄にあてがわれていることから、この結果をもたらしたのがこの美しきエルフであるという事実のみ。


グワオォォォォーン!


そんな一連の彼女の行動に強い不快感を示したのは、ずっと威嚇《いかく》を続けていたあの巨大な魔獣である。

『荷物《おもちゃ》』を奪われ、さらにはまだ生きているうちにその新鮮な内臓を喰《く》らおうと放置しておいた獲物に、とどめを刺されたのだ。

怒りを顕にした魔獣は、天に向けて大きく遠吠えを響かせる。

その咆哮は木々を震わせ、この辺り一帯に生息するもの全てに強烈な『恐怖』となって伝わった。

『懲りないね……。またやるのかい』

もはや穏便《おんびん》には済まないと腹をくくったのだろう。彼女は魔獣に対して半身に構え、右手をそっと剣の柄《つか》に添《そ》えた……。

それなりの力量を持つ剣士同士の戦いであれば、ここからは互いに牽制《けんせい》をしながら隙を探り合い、静かに戦術を組み立てるところだろう。

だが、相手は怒りに我を忘れた魔獣。

その、対戦者にとっては絶望的とも言える圧倒的な暴力の塊《かたまり》は、ただいつもと変わらず、敵対するものを等しく蹂躙《じゅうりん》するだけである。

次の瞬間、一本一本がペットボトルほどもある爪を出して、その巨大な前足が彼女目掛けて振り下ろされた。

自らの身体よりも太く大きい凶悪な前足による一撃にも、彼女は顔色一つ変えることはない。それどころか、なんと彼女はスッとその前足に向けて前に踏み出していったのだ。


キンッ！


彼女がその長い爪の餌食《えじき》となって切り裂《さ》かれるかという刹那《せつな》、甲高《かんだか》い金属音と共に火花が散った。

今回、彼女はすぐに剣を鞘《さや》にしまわなかったために、それが彼女による爪への一撃であることがよくわかる。しかしその一撃は斬ったというより、いなしたと言った方がふさわしいような横から前足の進行方向へのまるで押すような一撃だ。

彼女の細腕のどこにこれだけの力があるというのだろう。

剣に押された前足は彼女を逸《そ》れ、勢いを増した前足に引っ張られる形でバランスを失った魔獣は、前のめりに倒れてその下顎を地面に擦《こす》った。


『まだやるかね。どうだろう、今日も引き分けにしようじゃないか』


いつの間にか魔獣の鼻先の上に立ち、その眉間に向けて剣を構えている彼女は、魔獣にそう持ちかけた。

凛《りん》としていながらどこか優しく、そしてどこか物悲しい彼女の表情からは、まるでこの魔獣が知人、もしくは友であるかのような感情が見て取れる。

魔獣が、人の言葉などわかるというのだろうか。

だが魔獣は、まるで了承《りょうしょう》したとでも言うように目を閉じ、そして身体の力を抜いて地に伏せる。

魔獣にとっても彼女と戦うというのは、実は楽しいことであるのかも知れない。不貞腐《ふてくさ》れたようにも見える伏《ふ》せた巨体とは裏腹に、そのふさふさした尻尾は、随分《ずいぶん》機嫌良さそうにゆらゆらと左右に揺れていた。

『ふふ、やはり君は利口《りこう》なんだね。馬の方は後で好きにするといい』

魔獣から降りた彼女はそう言って鼻先をポンポンと撫で、今ではピクリとも動かなくなった『荷物』の方へと歩き出した。袋の前で未《いま》だ手に持つその細剣を軽く振り、そのまま鞘へと収納する。

その鍔《つば》が鞘と当たってチンという金属音が鳴ると、袋の真ん中に線が生じ、それはそこから左右へと開いていった。

『これは子供、それも人間の。……しかしこの気配、本当にこの子は人間なのか……』

そんな呟《つぶや》きを漏《も》らしながら、エルフは子供を抱き上げるとそのまま何処かへと姿を消した……。

第一章　獣人の少女

およそ五年の月日が過ぎた……。

薄暗《うすぐら》い洞窟《どうくつ》の住処《すみか》から、朝日の差し込む外へ出た俺は、その眩《まぶ》しさに思わず目を細める。

そんな俺を洞窟の周囲から見ている者たちが複数いたが、彼らから敵意のようなものは感じない。

少し歩いて綺麗《きれい》な湧《わ》き水をたたえた泉まで来ると、俺はその冷たい水で顔を洗った。

「ふう、おはようミスティ」

この場に俺以外の誰かがいたとしても、その姿は見えはしないだろう。俺はその、自分だけに見える『相棒』に挨拶《あいさつ》をして、ある場所を目指す。

鬱蒼《うっそう》と茂《しげ》った深い森。誰も踏み込まないこの場所に林道などあるわけもなく、また、人が手を加えていない木々はどれも大きく、その枝を思うままに広げて行く手を阻《はば》んでいた。

そんな中を慣れた様子で難なく進んだ俺は、まるでそれらの木々が大切に守って隠しているかのような、小さな開けた場所へと入る。

そこにあったのは、一面に咲き乱れる美しい白い花の花畑と中心に置かれた一つの大きな石。

重なり合った木の枝や葉が陽射《ひざ》しを遮《さえぎ》り、昼間でも薄暗いこの森の中で、この場所だけはぽっかりと穴が開いたように上空がひらけていて、筋状に差し込む光はどこか神聖で安らぎさえ感じさせてくれる。

「おはよう……師匠《ししょう》」

俺はその巨石に右手を伸ばし、そこに彫《ほ》った文字を指でなぞった。

『アストレイア』

それは、一メートル以上の高さがある縦長いクリスタルのような変わった形の石。そこには、ただそれだけが刻まれている。

しばらくの間、それをじっと見つめていた俺は意を決したように顔を上げると、その『墓標《ぼひょう》』へと言葉をかけた。

「あと二年だ……」

俺はとある事情からこの森に放り込まれ、そしてここに眠る師匠、アストレイアにその命を救われた。

「俺はどうしてこっちに来たのか？　なぜ『魔眼』なんてものを持っているのか？　正直、今の俺にはまだわからないよ……」

思い浮かぶのは、彼女の凜とした佇《たたず》まい。そしてあの美しく優しい笑顔……。

「だけど師匠は言ってくれた。全ての『魔眼』を手に入れ、さらにこの広い広い世界を旅した先に、きっと俺なりの答えが見つかるのかも知れないと。だから……」

俺は、墓標に背を向け歩き出す……。

「今日も頑張るよ、師匠！」

その背に今もなお優しく微笑みかけてくれている、あの人の存在をしっかりと感じながら……。

◆

『冥府《めいふ》の森』、ここはサーガ帝国とホーリーヒル王国という二大国の境に広がる広大な森林地帯。

あまりにも凶悪な魔物が跳梁跋扈《ちょうりょうばっこ》する事で知られ、屈強《くっきょう》な冒険者でさえ踏み込むことのない
……まさに魔境。

その森林沿いを通る両国を繋《つな》ぐ唯一の街道を、一台の馬車が護衛の冒険者を連れ立って走っていた。

御者《ぎょしゃ》の男は奴隷商《どれいしょう》。とは言ってもどこかに店を構えているわけではなく、村々で売られた奴隷を都市の店に卸《おろ》す、いわば仲介人《ちゅうかいにん》だ。窓も無い狭い箱のような荷台には各村で仕入れた奴隷達が窮屈《きゅうくつ》に犇《ひし》めき合っている。

「くそ、せっかく今回は大漁だってのに……」

男を悩ませているのは買い集めた奴隷達に突如《とつじょ》流行《はや》りだした謎の咳《せき》。仕入れた時に問題のあった者はいなかったはずなのだが、既に荷台の半数の者が同様の症状《しょうじょう》をみせ始めているのだ。

「……ちぃ、最悪薬代で済めばいいが。おいおい、まさか流行り病とかじゃ無いだろうな？」

これ以上症状が悪化する前に、一刻も早く治すか売ってしまわねば大損《おおぞん》だ。焦《あせ》る男は馬車の速度をさらに上げた。

だが、急ぎ過ぎたのが災《わざわ》いしたのだろう。曲がりで外側に膨《ふく》らんだ後輪が道路脇のぬかるみに嵌《はま》ってしまった。そのままずるずると外側に流れた荷台は段差に落ち、傾《かたむ》いて横倒しになる。

「おいおいどうしたー？」

「ちっ、何やってんだ！」

その大きな音に気付き、先行していた冒険者達の馬が慌《あわ》てて引き返してくるのが見えた。

「あ！　てめえ、待ちやがれ！」

「おい！　逃げるな！」

彼等の視線の先では衝撃で僅《わず》かに開いた後部の扉から、小さな子供が這《は》い出して森の方へと駆けていく。

「チッ追うぞ！」

「馬鹿！　止めておけ。ここが何処か分かってんだろ？　ありゃダメだ。もう助かりっこねぇ……」

「それもそうか。馬鹿《ばか》なガキだ」

「それより馬車を直すぞ。こんなとこで日没なんて、それだけは死んでも御免《ごめん》だ！」

子供を追いかけようとした冒険者を連れの男が引き止める。そして彼等は子供の行方には目もくれず、泥《どろ》だらけになってフラフラと起き上がってきた奴隷商と共に、急いで馬車の修理に取り掛かることにした……。

「ハア、ハアハアッ……」

奴隷商の馬車から逃げ出したのは、一人の少女であった。青みがかった灰色の髪にピンと立った犬のような耳、同じ毛並みのふさふさの尻尾《しっぽ》が彼女が亜人の一種である獣人種である事を物語っている。

彼女とてここが『冥府の森』だと知れば、森から出るためならば自ら奴隷に戻して欲しいとさえ懇願《こんがん》するに違いない。そんな場所にそもそも奴隷商の追手など入って来るはずがないのだが、そうとは知らない彼女は振り返る事もなくただ必死に走り続けた。

魔境であるこの森の、その奥深くを目指して……。

周囲の樹上や岩陰には、すでに何かの蠢《うごめ》く気配がたくさんある。

それらはまるで何かの時を待っているかのように動かず、ただじっと気配を絶《た》って身を潜《ひそ》めていた……。

◆

彼女が奴隷商から脱走して四日目。

幼い彼女の肉体はそろそろ限界を迎えつつあった。

ここでは不思議な事に、山歩きに慣れているはずの彼女がいくら探しても木の実一つ見つからず、これだけ豊かな森なのにねずみ一匹姿が見えない。今日までで口にできたのは木のうろにたまっていたほんの僅かな水のみだ。

すっかり痩《や》せ細ってしまった彼女は、近くの岩にもたれかかるようにして座りそのまま眠ってしまった……。

しばらくして、突然身体にびりびりと襲いくる強大な威圧感と通常では考えられないほど巨大な存在感を近くに感じて、本能的に目が覚めた。

彼女が恐る恐るその瞼《まぶた》を開くと……。

「…………ッ！」

虚《うつ》ろな彼女の瞳に映ったのは、開かれた大きな口とそこに並ぶ巨大な牙《きば》。今まさに彼女に喰いかかろうとしていたそれは、彼女が目を開いて声にならぬ叫びを上げた事に気付くとピタリと止まり、そしてゆっくりと閉じていった。

グルルルゥウウッ……。

彼女の目線のかなり上で恨《うら》めしそうな唸り声を上げているのは黒銀の巨獣。見た目は狼だが額には長い一本の角が生えており、巨大な体躯は十メートルを超える。その巨獣の透き通った水晶のようなブルーの瞳に睨まれると、その瞬間彼女は自らの死を確信した。

仮に身体が万全であったとて逃げる事を考えもしないだろう。目の前の存在はそれほどまでに桁が違い過ぎた。

巨獣の前足がゆっくりと持ち上がり、それが彼女目掛けて振り下ろされる。

鋭い爪に引き裂かれるかに見えた彼女の前に、突然何処から黒い影が現れ、その巨獣の攻撃を受け止めた。

「クロ、この子はまだ死んじゃいない。ルール違反だよ」

俺は片手でその巨大な前足を受け止めながら、その巨獣『クロ』にそう告げた。

するとクロは、ずいぶん気まずそうにしながらゆっくりと前足を下ろし、まるでペットの犬が反省の意思を示すかのように地面に低く伏せる。

「死んだと勘違《かんちが》いしたのか？　確かに、ここまで弱っていれば時間の問題だったろうが……」

そう言いながら、すでに気を失っているやせ細った少女の姿を見た。

ボロボロの衣服に、走りながら木々に引っ掛けたのであろう身体中にできた無数の傷。

そして、何より気になったのは、その首につけられた不快な気配のする首輪……。

「クロの気にあてられて気絶しているみたいだな……。でも、こちらの失態である以上、このままにはしておけない」

俺は彼女のその軽すぎる身体を抱きかかえ、住処へと連れ帰ることにした。

◆

俺が彼女を連れ帰ったのは森の高台にぽっかりと口を開けた大きな洞窟。

ここはもともとクロが住処としていたのだが、中は意外と広く雨露《あめつゆ》をしのぐのにも適しているので、俺もここでクロと一緒に暮らしているのだ。

「ミスティ、手を貸してくれないか」

そう言うと、俺の頭の横あたりに突然逆さ向きの丸い水面が現れた。

その水面から水滴がにゅっと出てきて垂《た》れ下がり、それはみるみる大きくなって、ちょうど一メートルほどになるとパチンと弾ける。

『シンリが、身内以外の者をここに連れてくるなんて珍しいわね』

水滴が弾けた後には、一人の少女が立っていた。

透き通るような白い肌にエルフのような尖った耳。なびく髪と身にまとったワンピースのような衣装は、まるで水そのもので出来ているようで、常にゆらゆらと揺らめいている。

「……ちょっと事情があってね。早速ですまないがこの子に『洗浄《ウォッシュ》』と『治癒《ヒール》』をかけてあげてくれないか」

『助けるつもり？　でも、この子厄介なモノを持って……まあいいわ、シンリの頼みだものね』

彼女、ミスティが小さく呪文のようなものを唱えると、少女の……まずは汚れきっていた体が綺麗になり、次いで身体中の傷が全て消えていく。

『終わったわよ。でも空腹だけは治癒では治らないからね』

「わかってる。ありがとうミスティ」

ミスティは悪戯《いたずら》っぽく笑いながらそう言うと、再びパチンと弾《はじ》けてその姿が消えた。

「さて……」

ミスティが帰っていった後、改めて気を失っている少女を見る。

「首輪は……後回しだな。まずはこの汚い衣装をなんとかしないと……」

彼女が着ている衣服もミスティのおかげで、まるで洗濯《せんたく》したように清潔《せいけつ》にはなっているのだが、いかんせんそれは元から状態が悪すぎて、どうにもボロをまとっているようにしか見えない。

俺は奥から昔着ていたシャツを一枚持ち出して彼女が横になっているベッドの上に置いた。

「さすがに、初対面で服を脱がせるわけにはいかない……よな」

ベッドに腰掛け、その髪とぴょんと立った耳をしばらく撫《な》でた後、俺は彼女が目覚めた時に食べるものを準備しようと、台所へと移動する。

「……あそこまでいくと、がっつりしたものはかえって体に毒だろう。おかゆが理想なんだが……ああ、思い出すと米が恋しくなる。やっぱり日本人は米だよな……」

干《ほ》し肉と干したキノコ、それに幾《いく》つかの香草で出汁を取り、それに豆や根菜、麦などを入れてやドロドロになるまで煮込《にこ》む。味付けはシンプルに素材の甘さとそれを引き出す塩のみとして、仕上げに香草を少量入れる。

「あとは食べる前にこれをひと摘み乗せれば……」

「いやあぁぁぁぁぁぁぁっ！」

「……お、目が覚めたのか」

突然、洞窟内に少女の叫び声が響き渡った。

目を覚まして自身の状況に驚いているのかとベッドまで行ってみれば、彼女はまだ目覚めてはいないようで、何かに魘《うな》されているようにもがきながら体をバタつかせている。

「いや、いや、いやよ……お願い……」

苦しそうな表情で涙を流しながら必死で悶える彼女の横に座り、ベッドから落ちそうになる身体を支えた。

すると、触れられたことに反応したのか彼女は俺の腕にしがみついてくる。

「お願い、お願いだから捨てないで……お父さん、お母さん！」

何やら複雑な事情があるのだろう。俺は彼女の身体をしっかりと抱き寄せ、その頭と背中を優しく撫でた。

そのまま五分ほど経つと、どうやら彼女は落ち着いたようで全身から力が抜けていく。

「こ、ここは……」

ゆっくりと開かれた虚ろな瞳。現実と今見た夢が混同しているのだろうか。これでは今事情をあれこれ説明したとて頭には入るまい……。

……グキュルルルゥ。

意識ははっきりせずとも、その体は本能に忠実なようだ。

元気に意思表示する彼女のお腹の音を聞いた俺は、シャツを渡してそれに着替えるようにと言い残し、さっき作った粥《かゆ》を準備しに台所へ戻った。

「そうか、彼女も自分の親に……」

さっき魘されていた時の彼女の言葉からおおよその事情は想像できる。チクリと痛む胸の痛みを振り切りながら、俺は器に粥をよそい、水の入ったコップと一緒にそれを運んだ。

「あ、あの……」

言われるままにシャツに着替えていた彼女は何かを言おうと口を開く。

それを手で制した俺は、ベッド脇の机の上に粥を乗せた盆を置いた。

温かで鼻腔《びこう》をくすぐるいい香りの湯気《ゆげ》が辺りに広がり、それは彼女のお腹をさらに幾度も大きく鳴らす。

「とにかく……今はこれを食べて。全部、それからでいいから」

俺がそう言ってスプーンを手渡したのだが……。

「あうっ！　ご、ごめんなさい私……」

それは彼女の手からこぼれ、ベッドの上に落ちてしまった。

無理もない……。全くわからない状況下で見知らぬ者に食事を出されているのだ。しかも空腹で体には力が入らず、さっきはクロに気を失うほど威圧されて……。

見れば彼女の手、いやその全身が小刻みに震えているのがわかる。

「大丈夫だよ。ほら、毒なんて入ってないから」

俺は拾ったスプーンで粥をすくい、彼女に見えるようにしてまずは一口自分で食べて見せた。

「うん、我ながらなかなかの出来だ。食べさせてあげるから、さあ口を開けて」

もう一度粥をすくい、しばらくそれを冷ましてから彼女の口の前まで運んでいく。キュッと結ばれていた唇《くちびる》を美味《おい》しそうなその香りが徐々に開かせていき……。

「あむ………ンンッ！」

どうやら気に入ってもらえたようだ。食べた瞬間ピンと立った尻尾が、今はブンブンと左右に揺れている。ひと口目を咀嚼し終えると、まるで餌を待つ雛鳥《ひなどり》のように、彼女は恥ずかしそうに自らその口を開けた。

「おかわりもあるから慌てないで。いきなりだと体に悪いから、ゆっくりゆっくりと食べるんだ」

俺の言葉に小さく頷くも、体は食べ物を欲してどうにもならないのだろう。彼女はスプーンに食いつくような勢いで食べ続け、粥を三杯食べたところで、再び眠ってしまった……。

◆

翌日から、彼女との奇妙な同居生活が始まった。

彼女にはまだ告げてはいないが、ここは最悪の魔境である冥府の森だ。彼女のような者が一人で出歩けるほど生易しい場所ではない。

先日、彼女がクロに会うまで一切襲われなかったのは、魔物たちと俺の間にある特別な決まりごとがあったからなのだが、むやみにうろつかれて彼らを刺激するのも避けたほうがいいだろう。

ともかく、あれから彼女は洞窟を一歩も出ることなく過ごしていた。

あの首輪は『隷属《れいぞく》の首輪』という魔道具だった。

装着されて主人を決定されれば、その者の命令に絶対服従させられてしまう一種の精神操作を行う物のようだ。

周囲の者から見れば、これを着けられていることで自分が人間以下であると自ら吹聴《ふいちょう》しているような、忌《い》むべき差別思想の象徴。

「お願い……外さないで……私なんか」

見ていて気分のいい物ではないので、外してあげると言ったのだが、彼女は頑《かたく》なにそれを拒《こば》んだ。

無理やりというのは避《さ》けたいので、いつでも外せる旨《むね》を伝えるだけとしてそのままにする。

心配していたが、食事は普通に食べてくれるようだ。おかげで、ガリガリだった体つきもふっくらしてきて、ボサボサだった毛並みに艶《つや》が出て肌にも赤みが戻ってきている。

ただ、夜には相変わらずよく魘されているみたいだ。そんな時は決まって抱きしめながらさすってあげると数分で落ち着きを取り戻していくのだが……。

さらに数日経ち、彼女が居ついて一週間が過ぎたが、俺は未だに彼女の口からは何の事情も聞き出せずにいた……。

◆

「…………!」

それは、突然のことだった。

荒れ狂ったような魔力の波動が伝わってきて、それを感じ取ったクロがピクリと身を震わせる。

クロに寄りかかっていた俺はポンポンとクロを撫で、大丈夫だとなだめてから洞窟の入り口を目指した。


「うふふふ。お兄様、女《メス》の気配を感じますわ！」


そこに立っていたのは、十歳くらいにしか見えない美しい少女。

髪型は、地に着くほどの長い銀髪を左右で束《たば》ねた、いわゆるツインテール。

妖艶ささえ感じさせる整った顔に妖しく輝くのは右は真紅、左は黄金のオッドアイ。

何より目を引くのは、ゴシック調のアレンジが効いた、ふんわりとしたスカートのそのメイド服姿だろう。

「落ち着けシズカ。中で説明するが、お前の思っているようなことは何もないぞ」

彼女の名はシズカ。用事で森の中の他の地域に出向き、しばらく留守にしていたのだが、ちょっと……いや、かなり変わった俺の『妹』だ。

随分と苛立《いらだ》っているのだろう。その可憐《かれん》な外見に似合わない凶悪な魔力の波動は、周囲の魔物たちを震え上がらせている。

俺はとりあえず簡単に事情を話して彼女を落ち着かせ、二人で洞窟の中に入っていった。

「ふうん……これが。しかも随分妙なものを着けているのですね、お兄様？」

シズカは少女を見るなりそう言って意味深な視線を俺に向ける。やはり彼女もあの首輪を不快に感じたようだ。

「別に、俺が着けたわけじゃないからな。本人が外したがらないんだよ……」

状況がわからぬ獣人種の少女は、小さく震えながらベッドに腰掛けたまま……。

そんな彼女の前にシズカが立ち、両手を腰に当てて控えめな胸を張る。

「ワタクシはシズカ。お兄様の妹ですわ！」

どや！　と言った感じで自己紹介をしたシズカだが、少女からの返事はない……。

「あぐっ！」

次の瞬間、少女の体はその首輪に手をかけたシズカによって軽々と持ち上げられていた。二人の身長差はほとんどない、いやむしろ少女の方がわずかに大きいように感じられる。

そんな相手を、シズカは軽々と片手のみで持ち上げているのだ。

「挨拶もできないなんて……。名前がないのかしら？　だったらワタクシがつけてあげようかしら、ゴミとか泥棒猫《どろぼうねこ》とか……」

「止めい！」

「ふぎゃっ！」

どこの小姑《こじゅうと》だ、と思って見ていたがこれはさすがにやりすぎだ。

俺は、シズカの頭をペチンと叩いてその手を降ろさせる。

「ゴホッ！　げほげほっ……あ、アイリです……」

よほど怖かったのだろう。少女、アイリは、咳き込みながらも涙目ですぐに自分の名前を名乗ってくれた。

「アイリね。わかったわ。ところで……アイリに確認しておきたいことがあるのだけれど……」

俺に叩かれた頭を、なぜか少し嬉しそうにさすりながら、シズカはアイリに向かって言葉を続ける……。

「貴女、ここが『冥府の森』だってこと分かってる？」


「い、い、いやあああぁぁぁぁぁぁぁーっ！」


シズカの言葉を受けて、これまでで最も大きなアイリの叫び声が洞窟内にこだまする。

「う、嘘《うそ》ですよね？　嘘って言ってください！」

「いいえ、本当よ。アイリは今、冥府の森の中にいるわ！」

俺は、彼女が自ら聞いてくるまでそのことには触れないでおいた。それは余程の体験をしてきたであろうアイリの精神がそのショックに耐えられるかどうか不明だったからだ。

そんなこととは知らないシズカは、あっさりとそれを話してしまったのだが……うん、リアクションの割には大丈夫……かな？

「でもでも、私は何日もここを彷徨っていました！　ここがもし本当に冥府の森ならそんなこと絶対に不可能でしょう？」

「ふふふ、愚問《ぐもん》ねアイリ。それはお兄様こそが、この冥府の森の主人であるからに決まっているでしょう！」

「…………？」

いや、さすがにとうとう思考が停止し始めたようだな……。

「いいかいアイリ。俺がこの森を治めるようになって幾つかのルールを魔物たちに課したんだ。その中の一つに迷い人の扱いに関するものがあってね。敵意を持つ者は容赦《ようしゃ》なし、本当にただ迷い込んだ者には、死ぬまでは一切の手出しを禁止するってね」

「治める……冥府の森……森の主人……あわわわ……」

「あらあら、まあ……」

知らされたあまりの現実に、再びアイリは意識を失ってベッドにそのまま倒れ込んだ……。

◆

「いやあぁぁぁぁぁっ！」

「あら、目覚めましたわね」

「だ、誰……？」

意識を失ってしばらくすると、また『悪夢』に魘され始めたアイリ。

そんな彼女がベッドから転げ落ちぬよう、シズカが押さえていてくれたのだ。

辺りをキョロキョロと見回した後、アイリもやっと現在の状況が思い出せたようで……。

「じゃ、じゃあ、ここはやっぱり冥府の森……私は、なんて短い一生だったのでしょう……」

そんなことを言いながら、やっぱり小さく震えている。

「ねえ、もういいかしら？　アイリが途中で気絶しちゃうからワタクシもお兄様もずいぶん待たされているのだけれど……」

ここがどこであろうと知ったことではないとばかりに、シズカはアイリへの質問を再開しようとする。

……微妙な問題なんだ、強引な聞き方をしなければいいんだが。

「アイリは、なんで奴隷なんかになったの？」

……ぶっ、思いっきり直球だー！

「わ、私には、普通に生きていくことなんて……許されない、から」

アイリがその重い口を開いた。だが、発した言葉、表情、それらは全てを諦《あきら》めてしまったかのようだ。

「ふうん、へええ、そうなのね。だったら……」

シズカの雰囲気《ふんいき》が豹変《ひょうへん》する。馬鹿が、やり過ぎるなとあれほど……。

「がはっ！　い、息が……」

目の前にいるのは自分と同じくらいにしか見えない少女。だが、そのシズカから発せられる威圧感が彼女に呼吸さえ許さない。

「気に入らない。ええ、気に入りませんわ。その自分だけが不幸であると言いたげな偽物の顔を見ていると虫唾《むしず》が走る。このままひと思いに虫のように潰《つぶ》してあげてもいいのよ……」

その強大な存在感は、まるでクロ、いやそれ以上にも感じられた。

クロに襲われた際は、その強大さゆえに一度は死すら覚悟したアイリだが……。

「……ねえ、なあにこの手は？　貴女死にたいんじゃなかったの？」

先ほどからずっと……アイリの右手はシズカに伸ばされ、必死に何かを掴《つか》もうとしているかのようだ。

その手は小さく、あまりに弱々しい。だが、確かにその手は、自らの『生』を求めて伸ばされたもの。

「貴女程度の力で、このワタクシに歯向かえるわけないのに……。その苦しそうで必死な顔、全てを諦めましたって仮面が剥《は》がれてしまってますわよアイリ」

「わ、私は……まだ……」

「聞こえませんわ。ほほほ、やっぱり死にたいようですわね！」


「じ、死にだぐ……ありまじぇん！」


ここに来てから初めて聞いた、彼女の本心からの言葉。

まったく、素直じゃない妹だ……。

シズカ自身もアイリの本心を引き出すための演技だったのだろう。

そっとアイリに近づくと、その涙でぐちゃぐちゃになった顔を優しく拭いてあげている。

「落ち着いたかしら？　じゃあもう一度聞くわよ。なぜアイリは奴隷になったの？」

アイリは一瞬下を向いたが、唇をぎゅっと噛み締めて顔を上げると、再び瞳にいっぱいの涙を浮かべながら語り始めた。

「親に……親に売られたんです。わ、私は……『呪い』持ちだからっ！」

そう言って彼女は、着ていたシャツの上着を脱ぐと、その背中を俺たちに向ける。

「……っ！　お兄様、これは……」

「なんてことを……」

そこには、背中の中心辺りに、まるで二匹の蛇が絡んだような怪しげな痣《あざ》が残っていた……。

「詳しく、聞いてもいいかい？」

「はい。あれは…………」

俺の問いに答え、アイリはその『呪い』がかけられた経緯と奴隷になるまでの話を語り始めた。

少女の身にはあまりにも無慈悲で残酷《ざんこく》な境遇。決して思い出したくもないだろう。

だが彼女は、ゆっくりとそして絞り出すようにして、涙ながらに最後まで話してくれた。

それは一年ほど前、彼女が慣れ親しんだ森の中に一人で山菜採りに出かけた時の事。

森の中に多くの人の気配を感じた彼女は、その気配を追って森の奥へと進んだ。

「あれはいったい……？」

相手に気づかれぬよう茂みに身を潜めた彼女の視界の先には、怪しげな黒衣の一団が何かの儀式めいた事を行っていた。

そんな彼等の中心にある随分と古い小さな祠《ほこら》は、これまで何度もこの辺りに通っている彼女でさえ、まったく見た事がないものだ。

「誰だっ！」

よく見ようと身を乗り出した彼女は、うっかり足下の小枝を踏んで折り、音を立てて彼等に気付かれてしまった。

背を向けて一目散に逃げだした彼女。だが、背後で不思議な声が聞こえると、背中が急に熱くなり体が重くて思うように走れなくなってしまう。

しかし、幼き頃より慣れ親しんだ山野。彼女は、この森を熟知していたおかげで、なんとか追手を振り切って村へと戻った。

それから数日寝込んだが、いつまでも体は重く、症状は一向に回復しない。

それどころか、家族、さらには友人や近隣の者達までもが体調不良を訴えだし、一時は彼女が流行病を持ち込んだのでは？　とさえ疑われたほど。

しかし彼らが彼女から離れ、近隣の村や療養所に行くことですぐに症状が回復すると知れると、今度は周り全ての人々が彼女を、何か恐ろしいものでも見るようにして避けるようになっていった。

その頃になると最初は心配してくれていた家族も、村の者達同様に彼女を恐れ、ついには母屋の外にある道具小屋に閉じ込めてしまったという。

それでも、食事などを運んで彼女と接する機会のある家族の体調は、やはりいつまでも悪いまま。

結果、両親は彼女をただの口減しだと偽って『呪い』の件を隠したまま、奴隷商に売り渡したらしい。

……想像以上にひどい話だ。アイリは何もしてないじゃないか。

◆

「泣き疲れて、眠ってしまいましたわね……」

「まったく、さっきはやり過ぎだシズカ。かなり焦ったぞ」

あれから、泣きながらその身の上を話したアイリは、そのまま倒れるように眠ってしまっていた。

「それで……見ましたのお兄様？」

「ああ、『双蛇の呪い』というらしい。自らの全ステータス低下。それに……」

「それに……？」

「範囲効果で状態異常耐性低下《じょうたいいじょうたいせいていか》、運下降《うんかこう》のおまけつきだ」

「なんて最悪な呪い……それでアイリの両親は……」

実の両親に捨てられる。これが彼女が生きることを一度は諦めてしまっていた理由だろう。

「それでお兄様、アイリはどうなさいますの？」

「そうだな……。無論、彼女の意思を尊重するが、アイリは生きたいと望んだ。俺は、俺に出来る範囲でその望みを叶えてあげようと思う」

「お兄様が師匠に救われたように……ですか？」

「さあ、どうだろうな……。そういえばミスティ、ちょっといいか？」

俺の問いかけに応え、再び逆さ向きの水面が現れる。そこから出てきた大きな水滴は、再び少女の人型となった。

『……無理よ』

「え？」

人型になったミスティは、すぐにそう答えてプイッと顔を背《そむ》けた。

水面のようなワンピースや髪に波紋《はもん》が広がり、それらはしばらくゆらゆらと波打ち続ける。

『あの呪いをどうにかできないか？　でしょ。それはいくら私でも無理な相談ね』

「そうなのか……」

以前治療してもらった時から、アイリに妙なものが憑《つ》いているのはわかっていた。ミスティもすぐにそれに気付いたみたいだったし、なんとかなりそうだって思っていたんだけど……。

『得手不得手《えてふえて》ってのがあるのよ。私は水の最上級、いいえ水の根源にも等しい存在。水を冠する魔法や魔術なら、それこそ出来ないことのほうが無いくらいね』

そう言って振り返ったミスティは腕を組んで胸を張る。その動きで、再び美しい波紋が紡ぎ出される。

『私がシンリやこの近辺を瘴気なんかから守っているのは『清浄化』。だけどあの呪いを解くためには『聖浄化』の力、それもかなり高位の術者による解呪が必要になるわ』

「……ということは光魔法の」

『そうよ！　さすがに木登りが得意なリスに泳げと言っても、泳ぎが得意な魚に木の上に登れと言っても、それはどちらも無理でしょう。つまりはそういうことよ！』

ここ、冥府の森は中心部から濃い瘴気が溢《あふ》れてきていて、それらにある程度の耐性を持つのはここで生きる最低条件と言える。

そのため、魔法などを使う魔物にしても極端に闇魔法の系統に偏《かたよ》っていて、わざわざ相反する光魔法を身につける者など全く存在しないと言ってもいい。

「まいったな。ここでは一番の難題じゃないか……」

「でもお兄様。師匠やお姉様から、ある程度の魔法はひと通り習ったと仰ってませんでしたか？　それなら……」

確かに、俺は師匠と、とある人物（？）から魔法に関する指導をひと通りは受けている。

「……からかっているのか？　俺が魔法の制御が上手くいかないのはお前も知っているだろう」

『確かに。シンリったら、以前焚き火をしようとして、森を焼き払いそうになったものね。ふふふ』

「そんなことも仰ってましたわね。……ですが、困りましたわね」

俺の魔力量はとてつもないらしいのだが、どうにも魔法自体が合わないらしく、ほとんどの魔法は師匠らによって使用を禁止されているほどだ。その知識の中に光魔法も多少はあるが、ミスティの言った『聖浄化』というのは聞いたことがなかった。

『シンリは、あの首輪は外すつもりなんでしょう？　だったら、後でちょうだい。気休め程度だけど使えそうなもの作ってあげる。その時はシズカも手伝ってね』

「わかったわミスティ」

「呪いの効力は多少それで抑えてもらうとしても、根本的な解決にはならない。結局は……本人の意思次第ってことか……」

◆

『……ちゃん』

……誰だ。

『……お兄ちゃんったら、ねえ！』

……この声。そうか、これは確か……。

『……お兄ちゃん、真理《しんり》お兄ちゃん！　起きないと学校に遅れるよ！』

……ああ、うるさいなあ。また静《しずか》か……わかったから布団を引っ張るなよ。

「もう、お兄様！　いい加減に起きてくださいませ！」

「……静？　いや、ああシズカか」

目を開いた俺の上には、マウントポジションを取ったツインテールの少女、シズカが乗っていた。

「……何をしている？」

「いえ、別に。ただもう少し待ってもお目覚めにならなければ、ワタクシの情熱的な口付けで起こして差し上げる他ないかと……」

「うん。起きた！　ああ、ぱっちりと目覚めたから降りてくれ」

「チッ……」

渋々《しぶしぶ》とベッドから降りていくシズカ。その後ろ姿が再び『静』と重なって見える。

……アイリの件があったからだろうか。久しぶりに向こうの記憶を見たのは……。

彼女、シズカと俺は正確には兄妹ではない。

俺はかつて『高樹《たかぎ》真理』という名の日本人であった。交通事故で仮死状態になった俺の魂が、この世界で行われた謎の『儀式』によって召喚され、新たな生命として産まれ落ちたのが、現在シンリと名乗っている俺である。

日本にいた頃、俺には二つ違いの妹がいた。彼女の名は『高樹静』。

俺をこの異世界に召喚する儀式には、その膨大な魔力を得るために様々な魔道具や曰く付きのアイテムが触媒として使われた。

その中の一つに古の吸血鬼を封じた『紅玉』と呼ばれるアイテムがある。

封じられていた『真祖』と呼ばれた吸血鬼の自我はすでに失われていたものの、その特殊な能力は紅玉の中に残っていて、儀式の際に作られた俺との間の魔力のつながりを使って赤子の俺から魔力を吸い始めた。自我のない紅玉は、魔力と同時に俺の中にある知識や記憶までも共有し、その中にあった妹『静』の存在に強く惹かれていく。

そうして十年以上の月日を費やし、真祖の超再生能力でなんとゼロからその身体を創り出した彼女は、俺を追ってこの冥府の森へとやって来たのだ。

憧れだった記憶の中の静に、さらに俺が好きだったアニメやラノベなどの理想の妹像を反映したその容姿は、すでに静のそれではない。

ツインテ美少女でメイドで妹、さらには真祖の能力を引き継いだ吸血鬼で不死者という、なんとも濃い存在である。

「何をぼんやりしているんですの？　まだお目覚めでないならやはり……」

「起きた！　ああ、ぱっちり起きたぞ！　よしシズカ、起こしてくれた礼に今日の修行はキツめにしよう！」

「ぷぅぅ！」

可愛らしく頬を膨らませて俺を睨むシズカ。

姿や種族は違っていても、そのベースは俺の記憶の中にある愛すべき妹。口調や、やや残念さが際立った性格は俺の知識の影響だろう。

不思議な存在の彼女だが、一つだけはっきりしていることがある。

この世界で生きる俺はシンリ。そしてシズカは、そんな俺の大切な妹であり『家族』なのだ。

◆

「こ、ここは……」

結局、アイリは昼近くまで眠ったままであった。

「何の音……？」

彼女は、外から聞こえる大きな音に気付き洞窟の入り口に向かって歩いて行った。

「あう、眩しぃっ！」

薄暗い洞窟で長く過ごしたために、差し込む日差しは数秒彼女の視界を奪う。

やっと目が慣れてきたアイリの瞳に飛び込んできたのは、通常では想像だに出来ないほどの異常な光景だった。


「クロ、邪魔よどきなさい！」

グワァウッ！

一人はシズカだった。衣装こそ昨日と変わらぬメイド服であったが、その手には長い柄のついたハンマーを握り、その重そうな武器を軽々と振り回している。

そしてもう一人。いやもう一匹は、あの強大な魔獣クロ。

その巨体に似合わぬ、あまりにも素早い動きを見せながら、その凶悪な牙と爪を振るうクロ。

「嘘……夢なの、これ……」

舞い上がる砂塵が落ち着くと、その向こうに、その一人と一匹を同時に相手にしている人物の姿が見えた。

それは、昨日シズカから『冥府の森の主』と言われていた人物。

昨日まで、周囲をまったく見ようとしていなかった彼女は、この時初めて自らを救ってくれた人物の姿をはっきりと認識した。

身に纏うのは、黒いノースリーブのシャツに黒いズボン、膝下で折り返した黒い革のロングブーツ。そのシャツ越しに見える体つきは逞しく、まるで野生動物のようにしなやかで無駄のない筋肉のつき方だ。

彼女自身初めて目にする黒髪と黒い瞳は、左目に着けられた黒い眼帯と相まって、彼自身を神、または魔神のような、ある種特別な存在であると感じさせる。

いや、特別な存在であるのは間違いない……。

なぜなら、シズカたちによる猛攻を難なく凌ぎ、完全に圧倒しているのは彼の方だからだ。

「ま、まさに冥府の森の……主人」

体や頬にわずかな火照りを感じながら、彼女はその姿から目を離せずにいた……。

◆

クロの巨体が上から覆いかぶさるようにして俺に迫っている。

「もらいましたわぁぁぁぁっ！」

そんなクロのさらに上、そこに巨獣の背を借りさらに高く飛んだシズカの姿が見えた。

「良い連携《れんけい》だ。だけどまだまだ……」

俺は、そう言って目の前のクロの下顎を下から蹴《け》り上げる。

大きく仰け反ったその頭が、落下してくるシズカに向けて、ちょうどカウンターとなって衝突した。

「ぶぎゃんっ！」

あまりの重量差によって弾き飛ばされたシズカと、上下からの衝撃に蹲《うずくま》るクロ。

落ちてきたシズカが側の地面に突き刺さったのを見て、先ほどから俺たちを見ていたアイリへと声をかけた。

「おはようアイリ！」

「お、おはようございますご主人様！」

「は？」

「はうっ！　なななんでもありません……」

どうやら、昨日の森の主人云々の話で妙な誤解をされてしまったようだ。俺をご主人様と呼んだ彼女は、顔を真っ赤にしながら俯《うつむ》いてしまっている。

「よっと！」

俺はまるで犬神家よろしく、地面に突き刺さってもがいていたシズカを片手で引き抜き、起こしてあげた。

彼女の頭からは、破損部位の再生時特有の煙《けむり》のようなものがシュウシュウと出ていたが、すでに目立った外傷はほぼ消えていたようである。

クロの治療と全員の『洗浄』をミスティにしてもらい、俺たちはアイリと一緒に洞窟の中へと戻っていった。

◆

洞窟に戻った俺達は昼食を食べ、食後のお茶を淹れてから向かい合った。

昨日、シズカやミスティとも話したが、これからのアイリのことをきちんと話しておく必要があるからだ。

「機会がなくて自己紹介もまだだったが、俺はシンリという」

「そしてワタクシの愛しいお兄様にして、冥府の森の絶対主ですわ！」

ガウッ！

……シズカもクロも余計な口を挟《はさ》むんじゃない。ほら、またアイリが萎縮《いしゅく》して震えているじゃないか……。

「その前に……アイリは昨日生きたいと望んだ。それならそんな首輪はもう必要ないね？」

ちらりと、一瞬シズカのほうを見たアイリだったが、あの恐怖の中で知った自らの『生』への執着が、彼女の心の有り様を変えたのだろう。彼女ははっきりと頷いてみせた。

「じゃあ、外すよ……」

そう言って俺は、『魔眼』の能力を使って隷属の首輪を外す。

「……えっ！」

アイリは、絶対に外れないと聞いていた首輪が、あまりに簡単に外れたことに驚いている。だが、ここまで見聞きしたことの桁が違いすぎて彼女自身慣れてしまったのだろうか、しばらく首を撫でた後、すぐに俺に向き直った。

「続けるが……アイリの呪いを消す手段は、今ここには存在しない。それには高位の光魔法が必要なんだ」

「光魔法……」

世間一般で多く使われている魔法に比べ、光と闇という特殊な属性魔法はその使い手が極端に少ない。それらに適性を持つ者が見つかれば幾つかの国が勧誘にわざわざ訪れるくらいなのだ。

ただ漠然《ばくぜん》と、それがとてつもなく困難な話であるとだけ認識したアイリもやや顔を伏せる……。

「俺たちは旅に出るんだ……」

「……旅？」

唐突な話にアイリが驚いて顔を上げる。

「ああ、あとちょうど二年経ったら俺たちはこの森を出る。そのために毎日、自分を鍛《きた》えているんだよ」

話の意味がわからずキョトンとしているアイリの前で、俺は左目の眼帯を外した……。

「見て……」

「こ、これは……でも……綺麗」

アイリに見せた左目。その瞳はすでに黒とは程遠く、グレーもしくは銀と表現した方がいいだろう。ゆらゆらと光を反射するごとに色を変え、時折虹色の輝きを見せるそれは、すでに人の眼球とは言い難い。

「綺麗か……ありがとうアイリ」

気味が悪いと避けられなかったことに安堵《あんど》し俺は再び眼帯を付け直す。


「よく聞いてアイリ……この目は『魔眼』なんだ」


「魔眼……」

「ああ、それも強大な魔の力を七つも宿した……ね」

アイリが呆気《あっけ》にとられているのも無理はない。

一般には魔眼など伝説上の存在。いわばおとぎ話に出てくる作り話でしかないのだ。

それでも、物語によく登場するのは吸血鬼《ヴァンパイヤ》や淫魔《サキュバス》が使う『魅了《チャーム》』や伝説の魔獣コッカトリスが使うといわれる『石化』がいいところだ。

七つもの力を持つ魔眼など、おとぎ話でも聞いたことがない。

「だが、まだ不完全なんだ。俺は魔眼の力のうち四つまでしか使えないんだよ」

「お兄様、すでに開眼している魔眼は何でしたっけ？」

「ああ、今使えるのは【傲慢眼《ルシファー》】【暴食眼《ベルゼブブ》】【嫉妬眼《レヴィアタン》】【強欲眼《マモン》】だな」

「それって、いえ間違いなく『七つの大罪』ですわよね」

そう、俺の魔眼の能力は開眼するとその名前が脳内に浮かび上がるのだが、それらはいわゆる七つの大罪の名を冠している。そこから俺は、この能力が全部で七つだろうという結論に至ったのだ。

ちなみに物心つく前から【傲慢眼《ルシファー》】【暴食眼《ベルゼブブ》】は開眼していた。無論、乳幼児の俺がそれを理解して使いこなした……なんてラノベのようなことはなかったのだが、そこからある程度の開眼条件は推測している。多分だが魔眼の開眼には、人間としての本能的な欲求が大きく関係しているのだろう。赤子の俺が母乳を求める行為から『暴食』、構って欲しいと望んだから『傲慢』、物心ついて多くの知識を求めたから『嫉妬』、師匠の技やその強さを求めた結果が『強欲』といった具合だ。

まあ、いささか発想が単純過ぎると自分でも感じているが……。

「そうだな……だとすれば残るは『憤怒』『色欲』『怠惰』か……」

「ああっ！　お兄様と一緒に『色欲』を求める旅。なんて甘美な響きかしら……ハアハア」

何を想像しているのか、両腕で自らの体を抱きしめ、息を荒げてクネクネとその身をよじるシズカ。

……うん。とりあえず放っておこう。

「ゴホン。さてここからが本題だ。俺たちは魔眼の開眼条件を探りながら世界中を旅して回る。その中で多くの魔法や知識に触れる機会があるだろう……」

「っ！　それなら、もしかしたら光魔法も……」

「だが当然、旅は困難なものになるだろう。あらゆる危険が待ち構えているに違いない。だから俺たちはこうして自らを鍛えてるんだ。その旅路を何者にも邪魔させぬように！」

……さて、ここまで言えば言いたいことは伝わったはず。あとは彼女の意思次第だが……。

「故郷に帰りたいと望むなら、その道中に必要になる金品は準備しよう。ここでひっそりと暮らしていきたいなら、最低限の生活は保証するよ。アイリがこれから生きていく手助けはするから、それだけが選択肢ではないということも考慮してくれていい」

……呪いの件がないならば、彼女は危険な旅に同行などさせたくはない。

だが、これからずっと一人で生きていくのも辛いだろうし、両親の元へ帰ったとしても、もう昔のような関係には戻れないだろう。


「……私を連れて行ってもらえませんか？」


正直、一晩くらい考えたいと言い出すと思っていたのだが、彼女は今ここではっきりとその意思を示した。

おそらくはここ数日、すでに彼女なりに色々と考えていたのだろう。

「もう一度言うが、危険な旅だ。途中で命を落とすかも知れないよ？」

「シンリ様に会わなければ、すでに私は死んでいました。今さら怖いものなどありません」

確かに、これまでの彼女の境遇はいつ死んでてもおかしくないものだ。それに、ここは冥府の森。あまりに絶望的な環境でかえって開き直ったのかも知れない。

「俺も一応男だからね、何か間違いがあるかも知れない」

ってか、そんなに睨むなシズカ。確認だ、確認！

「私はシンリ様が望むなら……ひゃっ！　い、いえ大丈夫だと思います！」

思いますって何だ？　まあいい、じゃあ最後に……。

「旅に同行を求めるならば、自分の身は自分で守ってもらわないといけない。つまり、明日から俺たちと一緒にさっきのような修行に参加する……そういう決意だと受け取っていいんだね？」

……うわー、あからさまに血の気が引いていってるよ。まあ、ついこの間食べられかけた魔獣とこれから毎日戦いなさいって言われればこうなるよな……。

さすがに、これまでのように即答とまではいかなかったが彼女はそれでも顔を上げ、目の端に涙を溜めながら答えた。

「はい！　頑張りぃまひゅぅ！」

……噛みながら。

◆

「おはようアイリ。昨日はよく眠れたかしら……って、そのクマを見ればわかるわね」

「お、おはようございますシズカ様」

「旅の仲間になったんだからシズカで構わないわ。気になるならせめて、さん付けまでにしてちょうだい」

「わかりましたシズカさん！」

翌朝、顔を洗うために訪れた泉の前で先に来ていた二人が何か話していた。

「おはよう二人とも」

「おはようございますお兄様」

「おはようございますシンリ様」

「いや、俺のことはシンリで……」

「絶対に不許可ですわ！」

なんとなく聞こえていた会話に、いい機会だと思って俺も普通に呼んでもらおうと言いかけたのだが、言葉を遮って猛烈《もうれつ》にシズカに反対された。

「いいことアイリ。これは命令です！　森の絶対主たるお兄様に、この森最弱の貴女が尊敬を込めて『様』付けをするのは当然です。どうしても名前呼びがしたいと言うなら、この私を倒してからになさい！」

……まったく、どこの格闘家だお前は。まあ、シズカがここまで言う以上仕方がないか。

「お、おはようミスティ」

「みすてい？」

「ああ、きちんと見るのは初めてか……出てきてあげてよミスティ」

俺が何もないところに挨拶をしたことで、アイリが不思議そうな顔をする。本来は契約者である俺以外に、実体化を見られるのを極端に嫌うのだが、今日は別件の用事もあったようで、すんなり姿を見せてくれた。

「はわわ……これがミスティ様……」

何の知識もないとしても、ミスティがいかに高位の存在であるのかが伝わるのだろう。アイリはまるで神でも降臨したかのようにうっとりと見惚れている。

『シズカに渡されたもの、出来たわよ！』

「おお、ありがとうミスティ……ってか、これ何気に物凄《ものすご》くないか？」

ミスティが俺に差し出したのは幅十五ミリほどの小さなリボン状の輪。全体にブルーで小さな金具の付いたそれは、昨日外した隷属の首輪の素材を加工して作った、いわゆるチョーカーだ。元は黒かったのだが、ミスティが多くの付与を組み込んだために属性に近いブルーに変色したのだろう。

『当たり前でしょう。身体能力向上に身体強化はもちろん各種耐性の大サービスよ！　まあ、人間の街でなら『国宝』にでもなるような代物になってるわ』

……やっぱ、やり過ぎたか。まあシズカが張り切っていた時点でなんとなく予想はついたけど。

「アイリ、これは君の呪いを相殺させるために作った。これさえあれば、体が重いと感じることも、周囲に悪影響を与えることもないだろう」

「あ、ありがとうございます」

そう言って、俺から受け取ったチョーカーを恐る恐る着けようとするアイリだったが、国宝級の例えが効いてるのだろう、手が震えて上手く着けられないようだ。

チラリとシズカを見て、着けてやれよと目配せをする。

だが、彼女は、いやミスティまで揃ってニヤリと意味深に笑い、二人でシンクロしながらそっぽを向いた。

「……はあ、まったく。アイリ、貸してごらん。着けてあげる」

俺はアイリからチョーカーを受け取ると彼女の首に手をまわす。

一瞬、顔が触れるほどに近づいた二人……互いの息がかかるのがわかる。

言い方は悪いが、先日まではまるで屍のようになってしまっていた彼女。

だが、今こうして間近で見る彼女は、頬をうっすらと赤く染めていてとても……

「綺麗だよアイリ！」

「シズカうるさい！」

「ぷぷ、お兄様も今そう思われていたくせに！」

シズカの茶々が入らなくても、確かにそう感じたさ。綺麗だと……。

ちなみに、チョーカーをつけた瞬間から彼女の体はミスティの加護を受けたことによって淡く光を放っていて、事実、本当に綺麗であった。

「ふわあ、これは……体が、体が軽いですシンリ様！」

「効果があったようでよかった。だが、勘違いしちゃいけない。アイリの呪いはまだ消えてはいないんだ。全てはここからスタート、わかるね？」

多少、付与のし過ぎもあるのだが、彼女は久しぶりにしっかりと体に力を入れられることに驚いてピョンピョンと飛び回り、随分と嬉しそうだ。だが、これで安心してもらっては意味がないので、厳しい状況はしっかり認識してもらわねばならないだろう。

「わかってます。昨日、シンリ様の戦いぶりに見惚れてしまいました。あれは本当に格好良かった」

アイリはそう言って目をキラキラと輝かせる。

「だから決めたんです！　私はこの人にずっとついて行くんだと。足手まといかも知れません。ですが、そうならないようしっかり頑張って強くなります。ずっとシンリ様のお側にいられるように！」

ブンブンと激しく振られた尻尾と荒くなった呼吸が、彼女の興奮と気合のほどをうかがわせる。

……と、いうか興奮しすぎて近づきすぎだ。触れそうなほどに顔が……近い。

「わ、わかった。では遠慮《えんりょ》なく厳しくいくからな！」

「はい、シンリ様！」

◆

およそ一年半が過ぎた。

洞窟の近くの広場では、いつもと変わらぬ俺たちの訓練風景が繰《く》り広げられている。

「もっと、互いの連携を意識しろ！　アイリ、クロに寄り過ぎだ。それでは互いに邪魔になるぞ！」

違っている点と言えば、それが現在は一対三になっているところであろうか。

アイリは獣人種。それも狼の血を色濃く引いた『狼人種《ろうじんしゅ》』であった。

農業などをして穏《おだ》やかに暮らす者は例外だが、本来は魔物などとも共存していた獣人は、その生活環境によって飛躍的《ひやくてき》な身体の成長をみせる。

この冥府の森で暮らし、日々俺たちと厳しい訓練に明け暮れる彼女も例外ではなく、身長はすでに百五十センチを超えており、女性らしいしなやかさを持ちつつも無駄《むだ》のない筋肉がついたその体つきからは、もはやあの日の、死にそうだったか弱い少女の面影は全く感じられない。

「ん？……みんな、そろそろ朝食にしよう！　チビ達もお目覚めのようだ」

そんな俺の言葉に最も早く反応したのはクロであった。

あっという間に洞窟入り口に走り寄ってそこに立ちはだかったクロの足元から、モコモコとした黒と白の毛玉のようなものが這い出してくる。

「あ！　クロナにシロナ！　おはよう！」

その姿を見つけて、クロさながらの矢のような速さで駆けつけ、そのモコモコに抱きついたのは、アイリだ。

……まったく、訓練でそのスピードを出して欲しいよ。

数日前、クロには二匹の子供が産まれていた。

同じ狼系の種族として気が合ったのだろう。アイリが訓練に加わり始めると、クロが彼女の面倒をよくみるようになり、その様子はまさに母娘さながらであった。

それにより母性本能が刺激されたためかは定かでは無いが、突然クロが身篭り、後にこの二匹が産まれると、今度はアイリが姉のようにその子らを可愛がっているのである。白い個体にシロナ、黒い個体にクロナと名付けたのも、もちろん彼女だ。

二匹とじゃれ合うアイリ。微笑ましい光景のはずだが、その二匹がすでに大型犬ほどの大きさであるため、正直襲われているようにしか見えないが……。

「さあ、早く朝食を済ませよう。済んだら『不帰《かえらず》の森』でレベル上げだぞ！」

「ぶーぶー！」

「またホネホネトレインなんですね、とほほ……」

二人はあからさまに嫌な顔をする。まあ、それも仕方がないだろう。

全部で五つのエリアに分けられる冥府の森。

その中のひとつ『不帰の森』は、瘴気がやや濃く普通の魔物の生息には適さないので、それらに全く影響を受けないアンデッド系のみが暮らす特殊な地域となっていた。

しかし、ここは強者でなければ存在すること自体が困難な冥府の森。いくら下位の骸骨兵士《ボーンソルジャー》といえども、そのレベルや強さは半端ではない。

アイリの言うホネホネトレインとは、倒しても復活する彼らアンデッドとの連続手合わせによる強制レベルアップ訓練のことだ。

かなり効率のいい訓練なのだが、何せ対戦相手の見た目がアレなので、二人はあまり乗り気ではないらしい。

「文句を言わない。あと半年しか無いんだ……外に出て後悔するぐらいなら、俺は今心を鬼にする！」

「鬼ぃー様なんていやぁぁ！」

「鬼シンリ様……あうう」

まあ、いつもこんな調子だが、二人の成長……それも特にアイリの成長には目を見張るものがある。

「お兄様ぁー、早く朝食にいたしましょう！」

「シンリ様、器の準備手伝いますね」

……うん。二人とも、少しは料理も自分で出来るよう成長しようね……。

第二章　旅立ちと最初の村

「ついに……この日が来たよ、師匠」


さらに半年が過ぎ、いよいよ迎えた旅立ちの日。

朝日に照らされてキラキラと美しく輝く師匠の墓前で、俺はそう言って手を合わせる。

俺がこの森に入り、彼女に助けられたのは、もう七年も前のことだ。

「これ……大事にするから……」

俺が身に纏うのはフード付きの黒いコートにグレーのズボン、それに黒い革製のロングブーツ。

腰に差した白銀の細剣も含めて、それらは師匠から譲り受けたものだ。

「お兄様の貞操《ていそう》はきっとワタクシが守って、いいえ！　奪ってみせ……ぎゃんっ！」

「真面目にって、言ったよな！」

「申し訳ありません。ですがお兄様もアイリも、このシズカが必ずお守りいたしますわ！」

そう言って、俺と同じように手を合わせるシズカ。

ふざけて俺に叩かれた頭を、なぜか嬉しそうにさする彼女は、いつも通りトレードマークの長いツインテールにメイド服姿だ。

「シンリ様の足手まといにならぬよう、頑張ります！」

続いたのは、青みがかった灰色の髪を肩の辺りで一つに束ね、首に青いチョーカーを着けたアイリ。ゆったりとしたズボンにノースリーブの変わった形の上着は、全てシズカのお手製である。

この二年間で本当に逞しくなった彼女が、俺が作ってあげた長槍を持ち、シロナに跨って森を駆けて行く姿は、かのもののけな姫様さながらであった。

「じゃあ、行ってくる！」


『……頑張るんだよシンリ』


幻聴……だったのかも知れない。

だが、それは確かに俺の心に響き、熱いものとなって全身を駆け巡った。

「うん、師匠」

そう言って俺は、振り返ることなく一歩を踏み出した……。

◆

冥府の森を出て北にずっと進めば、ホーリーヒル王国の王都があるらしい。

森の外の世情に疎《うと》い俺たちは、情報収集を行いながら、とりあえずは王都を目指して旅を始めることにした。

今の俺たちならば、走れば馬など比べものにならぬほど早く走れるのだが、旅の醍醐味《だいごみ》や情緒《じょうちょ》などとシズカに言いくるめられて、とりあえずはのんびりと歩いての移動だ。


一時間ほど歩くと、前方に複数の人影があるのを見つけた。

そのすぐ近くには、横倒しになった燃え盛る馬車とそれに繋がれたままの馬が暴れている。

誰かが盗賊にでも襲撃されているのだろうか……。

「お兄様、テンプレです！　さあ行きましょう！」

「テンプレって……。だが見捨てるのもなんだな。とりあえず俺一人で行くから二人は待っていてくれ」

旅立ち早々の戦闘で彼女達がやり過ぎないとも限らない。それに普通の人の戦闘能力の程度を知るいい機会だ。

二人を残し、俺は一気にその場まで駆けた。途中、燃え盛る馬車の火をミスティに消してもらい、暴れる馬がこれ以上自らを傷付けないように眠らせる。

「いやぁっ！　パパぁ、助けてパパぁ！」

「む、娘を、娘を返してくれぇ！」

「ったく、積荷《つみに》にろくな物積んでないお前達が悪いんだ！　ガキでも売らなきゃオレ達が無駄骨になっちまうんだよ！」

「…………」

小さな女の子を小脇に抱えたガラの悪い男。別の男に足蹴にされながらその少女に必死に手を伸ばすのは父親だろう。

シズカすまん。間違いなくテンプレ展開だ、これは……。

「さっさと引き上げるぞ。そいつはいらん、さっさと殺せ！」

「いやぁパパ、パパぁ！」

父親を足蹴にしていた男が、剣を振りかぶる。泣き叫びながら必死に暴れる少女。

だが次の瞬間、剣を振りかぶっていた男が……消えた。


「あ、やり過ぎた……」


俺はその男の背後に回り込み、とりあえずそこからどかせようと軽く蹴っただけなのだが、蹴られた男は十メートルほど先の地面にくの字に折れた状態で倒れている。

やばいな、あれ大丈夫なのか……。

「な、なんだテメェ！」

異変に気付いた仲間の男達が、一斉に俺を見る。その数は八人。少女を抱えた男がリーダーなのだろう。

「相手は一人だ、殺せぇ！」

そんなリーダーの男の指示で、彼等は俺を取り囲んだ。

「さて、お手並み拝見と行くか……」

一斉に襲いかかってくる男達。実戦慣れしているのだろう。その動きには人を傷付けることへの躊躇《ちゅうちょ》など微塵《みじん》もない。

「だが、遅すぎる……」

攻撃する姿や剣の振りは様になっている。

だが、一撃二撃と次々数人で打ち込んできているにもかかわらず、先読みする必要もなく、反射だけで楽々避けれてしまうのだ。

「この程度なのか……」

迂闊に手を出せばさっきの二の舞だし、さて、どうしたものかな……。

「いやぁ、やだあーっ！」

「暴れんな！　おとなしくしやがれ！」

そんな事を考えていると、状況がやや不利と見たのか、リーダーの男が少女を連れたまま、近くに繋いであった馬に乗り込もうとしているのが見えた。

「逃さないよ……」

俺はすかさず彼の後ろに移動して、そう声をかける。

「うひゃぁっ！」

離れた場所で仲間と交戦中だったはず。その俺がどういうわけか背後にいて、いきなり声をかけてきたことに驚いた男は、少女を抱えていた手を思わず放してしまった。

「キャアアァァ！」

馬に乗せようとしていたところで宙に放り出された少女。あの高さから落ちればただでは済まない。

「よっと。大丈夫かい？」

再び、目にも留まらぬ速さで移動した俺は、落ちてきた少女を優しく抱きとめた。

「て、てめえいつの間に！　くそが、そのガキを返しやがれ！」

俺の動きにまったくついていけず、何が起こっているのか理解が追いつかないのだろう。リーダーの男は、とりあえず少女を抱く俺に掴みかかろうと迫ってきた。

それを軽く躱して、よく映画なんかであるように足をちょんとかけて転ばそうとしたのだが……。

「ひぎゃぁぁっ！　足が、俺の足がぁ……」

引っ掛けた男の足は、膝からあり得ない方向へと曲がってしまった。

……おいおい、どんだけ加減が必要なんだ。

「そこまでだぁ！　おい、これを見なぁっ！」

逃げずに次の手を出してくるあたりは、良くも悪くも彼等の経験が豊富な証拠だろう。

残った盗賊達は倒れたままの父親に短剣を押し当てていて、彼を人質にするようだ。

……まあ、その人他人だから別に脅しにもならないけどね。

「はあ、お前らの相手もいい加減面倒になってきたな……」

そう呟いて苛立ちを込めた視線と殺気を彼等に向けると……。

「あれ？」

故意に発したわけでもない程度の軽い『威圧』。

たったそれだけのことで、その場の全員が気を失ってバタバタと倒れてしまった。

馬鹿な……。こ、ここまで加減しなきゃダメなのか……。

盗賊と一緒に気を失ってしまっている父親と、俺の腕の中でぐったりとした少女。

二人の姿を見ていると、森で少々修行を頑張りすぎたのではないかと、今更ながらちょっぴり後悔した……。

「お兄様ないわー……」

「シンリ様、やはり鬼……」

いや、別に全員を殺したわけじゃないんだから……二人とも、そんな冷めた目で見るのは止めようか。

「ゴホン！　ま、まあ、これ位の加減が必要だって事だ。村に着く前にわかって良かったな。うん、おかげで貴重な情報が得られた」

未《いま》だ冷《ひ》ややかな視線を送ってくる二人をよそに、俺は気絶している親娘を両肩に担ぎ上げる。

馬車の荷は粗方《あらかた》燃えてしまっていたので放置し、馬は起こしてアイリが手綱を引いていくことにした。

盗賊は……まあ、このまま捨てておこう。

あれだけの目に遭《あ》ったんだから、とりあえずこの近辺には近付かなくなるに違いない。

初っ端から波乱の旅路を予感させる出来事に遭遇したが、とりあえず気を取り直して俺達は目的の村を目指して歩き出した。

ゆっくりだったはずなんだが……僅か十五分足らずで、木の塀に囲われた村が見えてくる。

「あそこだな……さて、この二人どうする？」

いきなりこれでは目立ってしまう。村が見える安全そうな場所にでも二人を置いていこうと思ったのだが……。

「当然！　このまま行くに決まっているじゃありませんの。これで助けたお兄様の名声が世に広まるんですわ！」

「だから、広めたくないんだって……。ん、どうしたアイリ？」

後ろから引かれる感覚がして振り返ると、アイリが泣きそうな顔で俺のコートの袖《すそ》をつまんでいる。

「シンリ様、こんな場所に置いていって……。もしまたあんな連中が来たら……女の子は……」

アイリにはさっき連れ去られようとしていた女の子の姿が、なんとなく自らの境遇と重なって見えたのだろう。

「わかった……。わかったよ、二人も村まできちんと送るよ」

目立ちたくはないのだが、そうまで言われれば仕方ない。

だが、別に大男でもないこの俺が両肩に人を二人も担いでいるのはそれこそ目立つので、女の子をシズカに背負わせ、俺は父親をおぶって村の入り口らしい木戸のある門を目指した。

◆

「おいおい何があった？　こりゃあエバンスにマリエじゃねえか！」

門に近づくと門番をしていた軽鎧《けいがい》を纏った男が俺達に駆け寄ってきた。

どうやら連れてきた二人もこの村の住人らしい。

「よくお聞きなさい！　彼らはワタクシのお兄さ……ぎゃん！」

「シズカは下がってろ！」

自慢気に事情を話そうとするシズカを一喝し、下がらせる。

そして俺は、二人が盗賊に襲われていたので咄嗟《とっさ》に助け出し、身を隠しながら命からがら逃げてきたのだと説明した。

「そうか……エバンスは近くに野草を採りに行ったはず。奴らめ、ついに村のすぐ近くまで来やがったって事か……」

「奴ら？」

「ああ、盗賊団が近づいているって情報があってな。ん、お前さん達も見ない顔だな。旅人かい？　その割に身軽なようだが……」

「はい。実は…………」

確かに、馬も連れず、大した荷物もない俺達はどう見ても怪しすぎる。

俺は咄嗟に先ほどの話に乗っかる事にして、冒険者になるため山村を旅立ち、道中盗賊に襲われたので馬と荷物を囮《おとり》にして逃げおおせたのだと説明した。

そのため同じ状況にあったエバンス親娘を見捨てる事が出来ず、策《さく》を弄《ろう》して助けたのだとすれば全てつじつまが合う。

うん、我ながら良い言い訳を考えたものだ……。

「そりゃあ大変だったなぁ。冒険者になるなら、この村にギルドの出張所がある。場所を教えるから行くといい。身分証も無いんじゃこっから先の街なんかにゃ入る事も出来んからな」

「ありがとうございます。……と、この村には入らせてもらっていいんですか？」

今の話の流れだと融通《ゆうずう》を利かせてくれるようだが、一応確認しておかなきゃな……。

すると彼は白い歯を見せながら爽《さわ》やかに笑い、サムズアップして答えてくれた。

「大切な村人の恩人に、野暮《やぼ》なことは言いっこなしだぜ！」

「……ありがとうございます」

うん。シズカ、そんなに俺を見なくても言いたい事はわかってる。この展開、何から何までどテンプレだ……。

エバンス親子を門番の男性に預け、村に入った俺達は、早速彼に聞いた冒険者ギルドの出張所とやらを目指す事にした。

「お兄様、この流れは間違いなく美人受付嬢に会うパターンですわよ！」

「美人さんなんですか？」

「そうよアイリ、ここで美人が登場するのがお約束なのよう！」

そう興奮気味に話していたシズカだったが……。


ニャー。


「………」

「猫だけだな……」

「はい、猫ちゃんですね……」

言われた通りの道順を歩き、辿《たど》り着いた一軒の家の戸を開ける。

中は、まるで無人駅の待合室のような簡素な造りで、長い木のベンチと受付用らしき木の机だけがぽつんと置かれていた。

期待していた受付嬢などいるはずもなく、受付の机の上には一匹の猫が気持ちよさそうに伸びをしている……。

「こんなの認めませんわ！　お兄様、次の街に行きましょう！　ええ、そうですわ、今すぐまいりましょう！」

このみすぼらしい出張所では、居てもいいとこ、お爺さんやお婆さんあたりじゃないだろうか……。

シズカも同じように感じたのだろう。さっさと出ようと俺達を急《せ》かす。

「いやシズカ。どっちみち身分証が必要になるんだからこの際、受付は誰でもいいんじゃないか？」

「そんなぁ、お兄様はテンプレというものが……」

「お、お前らもう来てたのか！」


扉の前で押し合っていると、その扉が突然開かれた。

入ってきたのは、さっきの門番の男だ。

「ああ、先ほどはどうも。えっと……」

「おお、そうだったな。オレの名はハンス。こう見えて俺も冒険者なんだぜ！」

「俺はシンリ。こっちはシズカとアイリです。ところで、ここのギルド職員の方が見当たらないんですが？」

「いるじゃないかここに！」

「……え？」

「はっはっは、驚いてるなぁ……。オレがこの出張所唯一の職員にして、ギルマスだ！　尊敬したんなら特別に、お兄ちゃん！　とかハンス様！　って呼んでくれても構わんぞ！　あっはっは」

……うん。少し前に爽やかと表現したのを撤回しておこう。ハンスはその……かなり暑苦しい男のようだ。

彼はB級冒険者。雰囲気と身のこなしから、そこそこの実力者であると思われる。

「ところで、ハンスサンは何故門番なんかをなさってらしたの？　一応ギルマスでしょうに」

彼が言った兄というフレーズに、不快感を隠そうともしないシズカは名前をワザと棒読みにしながら質問する。

「そりゃあオレがこの村で一番強いから！　って、言いたいところだが……実際は単なる人手不足だ。村の連中は皆んな忙しいからな、手が空いてるのはオレだけってこったなぁ！　あっはっは」

「………………」

暇なのかよっ！　とツッコミたい気持ちを全員が抑え、長くなりそうなのでさっさと手続きを始めてもらう事にした。

「よし、お前達。これに名前を書いてくれ」

彼が机から出してきたのは三枚の木の板。厚みといい、大きさといいまるで蒲鉾《かまぼこ》板みたいだ。

「書けたか？　じゃあ、そこに魔力を注ぐんだ。出来ない奴は血を一滴垂らしてもいいぞ」

言われるまま魔力を注ぐと、書いた名前が一瞬輝き、そして板の中に消えた。

裏返して見るとそこには『F』と書かれている。これはあれだな。ランクが『F級』という事なんだろう。

「全員、上手くいったみたいだな。いいか？　これは仮冒険者証だ。本物は金属製なんだが、あれは大きな街のギルドでしか作れない。これはそれまでのあくまで『仮』だ」

「……F級」

さっきの人助けを加味されて、いきなりの昇級もあると甘い考えを抱いていたシズカはあからさまに不満な顔をする。

それはそうだ。そんなラノベみたいな展開がそうそう続いてなるものか。

「あっはっは。仮冒険者証は駆け出しの新人用だからな、もとよりF級しか作れんよ！　お前達だって二十年も地道に頑張れば、いつかオレみたいになれるさ。ま、頑張んな！」

その流れで二人とも俺を見るな。大丈夫だ、俺はあんな風になるつもりはない……。

「本来、ギルドカードには様々な記録が残るんだが、仮冒険者証にそんな機能はない。受けた依頼の達成状況なんかはそのカードの記録を参考にする場合が多いから、早めにちゃんとしたギルドカードを作るこったな」

「そうよ！　早く正式なカード作りましょうお兄様。こんなのはノーカウントですわ！」

「いやお前らノーカウントって……」

確かに受付がおっさんだったのは残念だが、とりあえずはこれで三人とも冒険者になったんだ。

ここはそれを喜ぶ場面なのでは……。

見ろシズカ、感慨《かんがい》深《ぶか》く自分の仮冒険者証を見つめ続けてるアイリの純粋な姿を。

「シンリ様ぁ、木目のこの辺りがアイリって読める気がするんですが……」

うん、違った。さっき消えた文字を探していたのね。

だが、アイリはそう、純粋過ぎただけだ。何もおかしなとこなんてないから大丈夫。

「ああ、無理だ無理。それはな、大きな村や町の入り口に設置されている特殊な魔道具でしか読み取れねえよ。魔道具にかざした時、本人が近くにいる事で名前が浮き出る仕組みになってんだ。どうだ、馬鹿にしたもんじゃないだろう！」

彼の言葉の語尾は明らかに、シズカに向けられたものであったが、当の本人は気にもかけずに二本の指で仮冒険者証をつまんでぶらぶらさせている。


「ハンスのお兄ちゃんいる？　ここに黒いお兄ちゃんが来てるって聞いたんだけど？」

「おおマリエ、気がついたのか？　恩人達ならほれ、そこだ」

微妙な場の雰囲気を見事に変えて入ってきたのは、さっき俺達が助けたエバンスの娘マリエである。

「あ、黒いお兄ちゃん！　わあぃ！　さっきはありがとう！」

そう言って無邪気《むじゃき》に笑う彼女は、俺に駆《か》け寄りいきなり抱きついた。

「気がついたんだね。怪我はなかったかい？」

「うんっ！　お兄ちゃんが悪い人みんなやっつけてくれたから大丈夫ぅ！」

「……やっつけた？」

先ほど、命からがら逃げてきたという俺の話を聞いたばかりのハンスが、マリエの言葉を聞いて俺に疑いの視線を送る。

「まあ、ちょっと足を引っ掛けたりしただけだから、やっつけたってのは言い過ぎだよ」

「そなのー、でもマリエを助けてくれたでしょ！　ありがと、お兄ちゃん大好きぃ！」

「ぎるてぃ……」

……こらシズカ、小さな子に敵対心を向けるんじゃありません。

「それでね、それでね！　パパがお礼をしたいからお家に案内してきなさいって言ってるの！　だからお兄ちゃん一緒に行こう！」

「まあ、手続きも済んだし。お前らにゃ今夜の宿も必要だろう。エバンスんとこに厄介になるといいさ」

嬉しそうに俺の手をぐいぐい引っ張っていくマリエ。

俺達なら今日じゅうに次の町まで走って行けそうだが……。

「別に急ぐ旅でもないか……」

ハンスの言うように一晩世話になるのも悪くないか。

同じように思っていたのか、二人ともうんうんと頷《うなず》いている。ま、これも旅の醍醐《だいご》味《み》だよな。


「こっち、こっちぃー！」

マリエに手を引かれながら村を歩く。ここシイバ村は人口百人にも満たない小さな村だ。

塀《へい》に囲《かこ》われているのは居住区だけで、村の周囲に各々が畑などを作り、そこで採れたものを持ち寄る小さな市場もある。

今歩いている通りがまさにその市場が出ている場所なのだが、中には数件の商店らしきものもあるようだ。

「このお店はみんなゼフおじちゃんが作ってくれたんだって。そう言えばもうすぐだよ、ゼフおじちゃんが来るの。楽しみだなぁ！」

「お兄様！」

村に農具や生活必需品《ひつじゅひん》などの商店を作ったのは、セイナン市のゼフという商人らしい。彼は商品の補充の為に定期的に村を訪れていて、彼の率いる商隊がもうすぐ来る頃だという。

「うん。馬車を手に入れるにしても、次の町へ行くのにも、そのゼフという商人と知り合いになれるといいんだがな……」

エバンスの家に着くと彼と奥さんのカトリーヌさんが出迎えてくれた。

話を聞きつけたご近所さんたちも加わり、彼らからは質素ながらも温かいもてなしを受けた。

こうして、俺達の旅最初の夜は、賑《にぎ》やかに更けていくのだった……。

◆

「おいエバンス！　昨日の新人達はいないか！」

翌日の朝は戸を激しく叩くハンスのそんな大声で目を覚ました。

何か急用だろうか。俺達は、とりあえず急いで準備をしてハンスの下へと向かう。

「おお！　一緒に来てくれ、猫の手も借りたい事態なんだ！」

「猫って……。いったい何があったんです？」

「それは行きながら話す。とにかく来てくれ！」

そう言ってハンスは俺達が村に来たのとは反対の方向へと走り出した。

「新人よ……お前さん、本当は盗賊倒したんだろ？」

「…………」

「ふん、まあいい。だが勝手にそういう事にさせてもらうさ。すぐ近くで、この村に向かっていた商隊が襲われている」

「それってゼフさんの？」

「聞いてるんなら話しが早い。奴はこの村の恩人だ、なんとしても助けなきゃならん！　力を貸してくれ！」

……シズカ、言いたい事はわかるから。そんな、あからさまに嬉しそうな顔をするな。

「おお、見つけた！　ハンスお兄ちゃん大変だ！　南門に盗賊が向かって来てやがる！」

「何ぃっ！　そっちもなのか？　くそったれが……」

「………今、お兄ちゃんって？」

村人がもたらしたのは、村に危機が迫っているという報せだというのに、俺達はハンスの呼び名の普及率《ふきゅうりつ》の高さのほうに驚いていた。

「新人、改めて聞こう。名前は？」

「……シンリです」

「よし、シンリ。お前達にはゼフの商隊を任せたい。頼めるか？」

「わかりました」

「よっしゃ！　シンリ、終わったら駆けつけるから無理すんじゃねえぞ！　おい、村の男共を南門に集めろ！　急げよっ！」

慌ただしく指示を飛ばしたハンスは、向きを変えると今来た道を全力で引き返していった。

それを見送り、村の北門を出てから少し行くとゼフの商隊と思しき一団が見えた。

彼らの数台の馬車が、どうやら馬に乗った集団に囲まれてしまっているようだ。


「ふふふ、お困りのようですわね？」


先頭の馬車の御者台に乗っていた男性の隣には、いつの間にか抜け駆けしたシズカがそう言ってちょこんと腰掛けている。

昨日、出番がなかったからウズウズしていたんだろう。大した敵もいないし、まあ今回は見せ場を譲ってみるか……。

「だ、誰だい君は？」

「正義の味方……ってところかしら」

「何を言って……いや、それよりもお嬢ちゃん、状況がわかっているのかい？」

「当然。ところでゼフさんというのは貴方なの？　ワタクシ達馬車が買いたいんですけど、お持ちかしら？」

「残念ながら無いよ。しかし、馬車を買うならせめてセイナン市くらいの大きな町まで行かないと……」

「あら、本当に残念だわ」

「てめえら、この状況わかってんだろうなあ！　何をごちゃごちゃ言ってやがる？　ってか、そいつどっから湧いて出やがったんだ？」

盗賊達など完全に眼中にないといった様子でゼフと話すシズカ。放って置かれた盗賊達が苛立つのも当然だ。

「では、ゼフおじさま。こういたしませんこと………」

「わ、わかった。それくらいでこの命が助かるのなら安いもんだ」

「ふふふ、では商談成立ということで」

なにやらコソコソとゼフと交渉していたシズカは御者台の座面にすっと立ち上がった。

「やる気か嬢ちゃん？　なかなか綺麗な顔してるじゃねえか。たっぷり可愛がってから売りとばしてやるぜ！」

「調子に乗るなよ、この雑魚《ざこ》どもがっ！」

盗賊の下品な発言にやや機嫌を損ねたシズカがそう言葉を発すると、周囲の空気がビリビリと震える。

そして辺りを包み込む静寂《せいじゃく》……。

「嘘？　あらやだ、もう終わりなんですの？」

きょとんとした様子の彼女の周りでは人がバタバタと倒れ、馬さえも泡を吹いて倒れてしまっていた。

……これで昨日の俺の心境がシズカにもわかってもらえただろうか。

彼女も俺とともにあの冥府の森で鍛え上げているんだ。

うっかり、本気で気を解放していたら、この場で数人が死んでいてもおかしくはない。

俺達は気絶した盗賊を荷縄で縛ると、馬達を起こしてシイバ村へと戻っていった。

◆

「……こ、ここは？」

「シイバ村です。盗賊はあの通り……」

ゼフと商隊の者達を起こし、無事に村に着いた事を知らせる。俺が指差した先には気を失ったままの盗賊達が縛られた状態で転がっていた。

「なんと！　でも、いったい私は……」

「すみません。仲間が術の威力の加減を間違いまして、皆さんまで影響を受けてしまったんです」

「そうでしたか……いやはや大した効き目ですな。しかし、助かりました。ありがとうございます」

まさか、うっかり威圧し過ぎちゃったんですとも言えず、魔法か何かを使った事にしたのだが、どうやら上手く誤魔化せたようだ。

「……いえいえ」

「では、とりあえずこれを。残りはいつでもセイナン市にある私の店に取りに来られて下さい。命の恩人に……」

「ちょ、ちょっと待って下さい！」

当たり前のように、ゼフは俺に金貨の詰まった小さな袋を差し出してきた。

事情を聞くと、全財産の半分を払う約束で自身の命と商隊をシズカに救ってもらったという。

何を話しているかと思えば……いやいやシズカ、それはやり過ぎだろう……。

「あ、あれは冗談ですよ。俺達はハンスの指示で救援に向かったに過ぎません。いわば冒険者としての仕事です」

仕事とはいえ正式な依頼書がある訳ではないので報酬があるのかは不明だ。でも実際大した事もしてないのだから、それも仕方ない。

「おお、ゼフ！　無事だったか！」

「これはこれはハンスお兄ちゃん、おかげさまで助かりました」

するとと向こうからハンスが息を切らして駆けて来るのが見えた。

っていうかゼフ、お前もお兄ちゃん呼びなのか……。この村とその関係者への彼の呼び名の普及率はかなりのものだな。

「おいおいおい、全員捕まえて来たのか！　只者じゃない気はしていたが、こりゃとんでもない新人がいたもんだぜ！」

縛り上げられた盗賊達を見て感嘆の声を上げるハンス。

再発を防ぐためにと捕まえてきたが、これからの手間を考えれば捨ててきた方が良かったのかも知れない。

何より俺達の周りにはすっかり人だかりが出来ていて、これではちょっと目立ちすぎだ。

「しかしゼフよ、お前さん護衛も付けずに来たのか？　そりゃ襲ってくださいって言ってるようなもんだぜ」

「いえハンスお兄ちゃん、護衛はちゃんとセイナン市のギルドで雇《やと》ってまいりました。ただ盗賊との混戦の最中、彼等に盗賊を抑えておくから急いで村を目指すように言われまして……。無事なら良いのですが」

……あれだけ敵の数がいるのに護衛対象を孤立《こりつ》させた？

全員一気に倒せるほどに腕に自信があったのか、考えなしの馬鹿なのか、あるいは……。

そんな事を考えていると、にわかに門の辺りが騒がしくなり、人垣の向こうから馬に乗った三人の冒険者が姿を見せた。

「おお、皆さんよくぞご無事で！」

「……ッ！　ゼ、ゼフさんもご無事でなにより」

先頭の馬に乗った女性冒険者は一瞬、ゼフと縛られている盗賊の姿に驚きの表情を浮かべたが、すぐに平静を装い明日の出発の段取りだけを済ませて仲間と共に村の中へと去った。

……あからさまに怪しいが、村の中で何かをするつもりはないだろう。それよりも今はこっちが優先だ……。

俺はゼフに、先ほどのシズカとの約束をなかった事にしてもらう代わりに、セイナン市まで乗せて行ってくれるよう頼むことにした。

「それは私としても心強い。ではこうしましょう！　ハンスお兄ちゃんに依頼して皆さん宛に護衛依頼書を作ってもらいます。正式な依頼となれば報酬も出ますし、冒険者としての評価にも繋がりますからね」

こうして俺達は、ひょんなことから冒険者になって初めての、正式な依頼を受ける事になったのだ。

◆

翌朝、ギルドでハンスから依頼書を受け取って村の北門に向かうと、すでにゼフの商隊が出発準備をしているところだった。

「おはようございます、ゼフさん」

「これはこれはシンリさん。おはようございます。よろしくお願いしますね」

軽くゼフと挨拶を交わしてから、本来この護衛任務を受けている冒険者達のところへと向かう。

あまり気乗りはしないが、先輩にきちんと筋は通しておくべきだろう。

「おはようございます。ご一緒に護衛するようになったシンリです。こっちが仲間のシズカとアイリ。よろしくお願いします」

「……フンッ！　新人になんて構っているほど暇じゃあないんだ。君達はせいぜい馬車の『中』でも見張ってるといいさ」

三人の中にいた女の冒険者がそれだけ言い捨て、三人ともさっさと背中を向けた。

まあ、いきなりの増員、それもなりたての新人とくれば、彼等としては面白くないんだろう。

「……だから、シズカもアイリも、武器を構えるの止めようか」

そんなやり取りをしていると、門の辺りが慌ただしくなり頑丈そうな木で作られた門が、なぜか突然閉められた。

「おーいっ！　シンリ、シンリはいるか？」

村の方から息急き切って駆けて来るのはハンスだ。一体何が起こっているんだろう。

「ハンスさん、どうしたんです？」

「ぜえぜえ……。出発前でよかった。すまんが村の存亡《そんぼう》に関わる一大事だ。頼む！　もう一度力を貸してくれ！」

汗まみれの彼の目は、いつもの余裕が一切見られないほど真剣だ。

「奴が、ついにあの『四災悪《しさいあく》』が出てきやがった！」

ハンスの言葉に、それを聞いていた者全員が凍《こお》りつく。

平然としているのは、それを知らない俺達とゼフの護衛で来ている冒険者達のみだ。

「すみません。俺はその人物を知らないのですが、そんなに危険なんですか？」

「ああ。かつて、ここからさらに南へ一週間ほど馬車で下ったところにサハラ村って比較的大きな村があったんだ。そこを乗っ取った『奥様の気まぐれ団』という巨大な盗賊組織が村ごと根城にしてたな。それが、二年くらい前か……主力の遠征中に襲撃を受けて根城は壊滅したらしい。恐らくは冥府の森の魔物の仕業なんだろうが、そりゃあひでえ有様だったらしいぜ」

「…………」

「さすがに危険だってんでそこは放棄されたんだが、こともあろうに、奴らは次の根城にしようとこの村を狙ってやがるのさ。そんな奴等には頭領の下に『四災悪』と呼ばれる腕利きの幹部達がいてな、そのうちの一人が今、村の外を包囲している盗賊と共に来ているんだ！」

「……四災悪。わかりました、俺達でよければ力になります」

嫌な地名を聞いたものだ……。だからと言ってこの村を見捨てるわけにもいかないだろう。

俺は念のためアイリを北門に残し、シズカと二人でその幹部とやらが来ている南門へと向かうことにした。


「見えるか？　あの真っ赤なローブを着込んでやがるのが通称『赤の災悪』カライーカだ！」

到着した俺達は、硬く閉じられた南門の木の隙間から、村を包囲する盗賊の様子を伺っている。

恐らくは百人は下らない数の賊の中心に、一際目を引く真っ赤なローブ姿の男が立っていた。

……これがカライーカ。強力な炎の魔法を操り、溢れ出る魔力は吐く息さえも業火《ごうか》と化すというが……。

（ステータスを見る限り、奴が使える魔法は『着火《イグニッション》』などのいわゆる生活魔法レベル。生活魔法というのは属性、適性関係なく、僅かな魔力でも保有していれば練習次第で誰でも使える程度のものだ。奴がそれほどの技を使いこなすとは考えられないのだが……）

◆

「ひゃっひゃっひゃ。見える見えるぞぉ、この村が業火に包まれ燃え盛る中を逃げまどう、貴様らの姿がなぁ！」

両手を広げて手に持った杖（アイテム名、木の枝）を振りかざすカライーカ。

その姿に盗賊達は色めき立ち、門の中の村人達は震え上がる。

「ど、どうだこんな感じで……村人は降伏の意志を示したか？」

両手を上げたままの姿勢で、カライーカは横にいる部下にボソボソと問いかける。

「いえ、まだなんとも。奴等きっと、カライーカ様にビビって出てこられんのですよ！」

「ふ、ふふふ。強すぎるのも困ったものだ。仕方ない、さっき捕まえた娘を連れてこい！」

「へい！」

彼が部下に命じると後ろ手に縛られた小さな少女が引き出されてきた。

「愚かな者どもよ！　今から見せしめに、この娘を焼き尽くしてやる。同じようになりたくなければ、さっさと降伏して門を開けるんだな！　ひゃっひゃっひゃ」

カライーカがそう言うと部下が少女を高々と頭上まで持ち上げた。

◆

「おいおいおい、ありゃあマリエじゃねえか！　なんだって村の外に？」

「ハンスさん！」

「おお、エバンスか。マリエはなんだって一人で村の外に出たんだ？」

「それが……村からは出ないように言っておいたのですが、旅立つシンリさんに花を贈るんだと言って。壁際《かべぎわ》にマリエの好きな花が咲いている一角があるので恐らくは……」

そう言ってエバンスは申し訳なさそうに俺の方を見る。

マリエは素直でとてもいい子だ。カトリーヌさんの手料理も美味しかった。エバンスさんには泊めてもらった恩義もあるしな……。

「ハンス、一つ聞きたい……」

「なんだシンリ？」

「奴等をもし殺してしまった場合、冒険者としてなんらかのペナルティがあるのか？」

仮冒険者証を作った際にハンスから今後の事として注意されたことが幾つかある。それはギルドカードを持った冒険者は、その行動に関してある程度の制約を受けるというものだ。カードには魔物の討伐《とうばつ》記録はもちろんのこと、人を殺《あや》めればそれも記録に残る。つまりは違法に人を殺めたりすれば、そのカード自体が自らの犯罪の証拠にもなりかねないという事だ。

「それは問題ない。奴はとっくにお尋ね者だ、報酬《ほうしゅう》が出る事はあっても罪に問われる事はねえ。奴の配下にしてもそうだ。何よりお前さんのはまだ仮冒険者証。そんな記録は残んねぇよ」

「わかった」

◆

「いいのか？　燃やすぞ、燃やしちゃうぞ！　この娘がどうなっても本当にいいんだなぁ？」

村から何の反応もない事に苛立ったカライーカは、部下が持ち上げた少女の方を向くと、その杖をこれ見よがしに振りかざした。

だが、それでも村の門が開く様子はない。

「く、くそが！　後悔させてやる。これがお前らの末路だぁぁ！」

そう言って一瞬だけ彼はローブの袖で顔を隠すと、少女の方に顔を突き出した。

その口からは炎の渦《うず》が飛び出し、少女目がけて襲いかかる。

「いやぁぁ！　助けてシンリお兄ちゃーん！」

「ぐぎゃあああ、顔が俺の顔があぁぁ！」

だが次の瞬間、炎を浴びてのたうちまわっていたのは、さっきまで少女を持ち上げていた盗賊の男であった。

「大丈夫かいマリエ？」

「うんっ……お兄ちゃ、ぐすん。お兄ちゃんがきっと助けてくれるんだって信じてた。信じてたよぉ！　わあぁぁーん」

「ごめんね遅くなって。怖かったろうがもう大丈夫。すぐに終わらせるからね」

「うん。シンリお兄ちゃ……」

よほど恐かったのだろう。安心したマリエはそこで気を失ってしまった。

俺はシズカにマリエを渡し、エバンス達の元へと送らせる。

「さて、カライーカと言ったな。お前の『手品』のタネは見せてもらったよ。この世界では知らない者がほとんどだから通用したんだろうが、俺にとってはそんなのよくある大道芸に過ぎない」

「大道芸だと……この大魔導士カライーカ様の超絶魔法を芸などと言うのか貴様は？」

怒りと、恐らくは仕掛けを俺に見抜かれてしまった焦りでワナワナと震えるカライーカは、再びローブの袖で顔を隠そうとする。

「おっと、そいつは止めた方がいい。俺は生活魔法が苦手でな、師匠からも特に着火《イグニッション》は使わないように言われているんだ」

「ぐ、ぐぬぬ。そそそんな生活魔法ごときと、お、俺の大魔法を一緒にするのか！」

俺の言葉でカライーカは全てが見抜かれていることを理解した。

しかし、このハッタリ一つでここまでのし上がってきた彼には、これ以外に攻撃する手段がない。

周囲の部下にも見られぬよう、ローブのダボついた袖の中に隠している瓶《びん》から中の油を口の中に含み……。

「やれやれ……着火《イグニッション》！」

俺がそう言って右手を掲げると、その周囲に無数の火が宙に浮いた状態で現れた。

一つ一つはロウソクに灯《とも》したような小さな火だが、その数はざっと見ても百以上。正面にいるカライーカもすっかりその火の包囲網の中にいる。

「俺は忠告したはずだよ」

そう言って、掲げた右手の指をパチンと弾いて音を鳴らすと、それに呼応するかのように夥《おびただ》しい数のその火がボンと弾けて、それぞれがバスケットボール大の火球と化してさらに一層燃え盛った。

「ぶはっ！　ぐふっ……ぐわあぁぁぁぁ！」

一瞬で、その周囲を炎に包まれ、驚いたカライーカの口からは思わず油が吹き出した。それはすぐに引火して、彼は喉から火を吐いて悶え、草むらをのたうちまわる。それによりローブに仕込んだ油入りの瓶が次々と割れてそれらにも引火。彼の全身は炎に包まれた。

ここは草原、このままにしておけば引火して火災にもなりかねない。俺がミスティに頼んで消化すると、彼はすっかり意識を失っていた。

「やれやれ、火事にならなくて良かったな」

『よく言うわよ、シンリだって森を燃やしかけたくせに！　うふふふ』

師匠が生活魔法を教えてくれた時も俺は森の一部を焼け野原にしてしまい、それ以降これらは使用を禁止されている。

どうやら俺の保有する魔力は桁違いにもほどがあるらしい。その為どんなに俺が最小限に加減しても、いわばゲームで言うところのＭＰ１で使える程度の生活魔法に過剰《かじょう》すぎる魔力を注ぎ込んでしまうので、必ずこのように暴発するのだ。

「だから止めた方がいいって言ったのに……」


カライーカと数人の配下が俺の魔法に巻き込まれて倒れたが、未だ数的な有利は揺るがず盗賊どもの士気は高い。

なんとなくコツは掴めたので威圧で全員を気絶させる事も可能だが、この戦いを見ているだろうハンス達に後で説明するのも面倒だし、何より信じはしないだろう。

「シズカ、適当に相手をするとしよう。そうだな……半分くらいにすればいいかな」

「わかりましたわ、お兄様！」

そう言って俺は剣を抜き、シズカは手に持つ大きなハンマーを振りかぶった。

「敵はたった二人だ！　カライーカ様をどんな汚ねえ手で倒したのか知らんが、この人数相手に勝てるはずがねえ！　やっちまえ！」

「ウオォォー！　ぶち殺せぇ！」

シズカは俺の剣閃《けんせん》に巻き込まれぬよう離れた場所まで駆けていった。

それを見送っていた俺の元には、十人近い敵が一気に殺到し襲いかかる。

「……だが遅い。クロに比べれば、まるで止まっているようだ」

俺が彼らの中をすり抜けてその五メートルほど先で止まる。そして剣を一旦鞘に収めた。

すると彼らは、まるで出来すぎた時代劇のように俺の後ろでバタバタと意識を失って倒れていった。

シズカを離れさせたのにはもう一つの理由がある。俺の剣とは違い、彼女の主な武器は大きく強靭なハンマーだ。彼女の人並み外れた力でそのハンマーを人に向けて振り下ろせば……その凄惨《せいさん》な末路は説明する必要もないだろう。

彼女が今戦っている場所は、門の中からは見えない死角。先ほど門の中から覗いて確認したその死角で、村の者達に見えぬように戦わせているのだ。

「でも、そろそろいいかな……」

派手に倒して戦意を削ぐにしても、少々やり過ぎだ。

俺にしても最初の場所から歩いた後には倒した賊どもが延々と横たわり、すでに近づいてくる敵など一人もいない。

カライーカが倒された後、盗賊達に指示を出していた副官らしき男を、シズカはワザと標的から外していた。

その男にシズカが近づくと、彼は腰を抜かしたのかペタンと尻餅をついて倒れてしまった。恐怖に歪む彼の顔を嬉しそうに見つめながら、シズカは顔を近づけて話しかける……。

「ワタクシ達は、この村のハンスという男に命令されて、あなた方を倒しに来ました。そのハンスは、私達二人がかりでも倒せなかった相手……」

「そ……そんな冗談……」

「冗談ではありませんわ。それに彼は変身する事でその強さが増します。私達を倒した時、彼はその変身を後二回残していた……。この意味お分かりですわよね？」

……いやシズカ、いつから俺達は七つの玉を探す旅に出た。そんな某《ぼう》有名マンガの設定勝手にパクるんじゃない！

ニヤリと笑い、彼に背中を向けるシズカ。

「ヒイイィッ！　こ、こんな村二度と来るかぁぁ！」

すでに戦意など失くしていた彼は背後から斬りかかるどころか、まるで這うようにしながら逃走する。

ともあれ盗賊達には、そのシズカの脅しが決定打となったようで、彼らはまさに蜘蛛の子を散らしたようにバラバラと退散していった。

結果、俺とシズカが倒した盗賊は六十人以上。

それでも三十人以上の盗賊が逃亡したので、そんな彼等がこの体験とシズカのハッタリを広めれば、もうこの村が狙われる事はなくなるだろう。

◆

「おいおいおいおいおいおい！　お前らどんだけ強いんだよ、おい！　もう、こうなったら是が非でも俺の事はお兄ちゃんと呼んでもらうしかない……」

「シンリお兄ちゃんっ！」

鬱陶しいハンスの出迎えに一瞬げんなりさせられるところだったが、ちょうど目を覚ましたマリエが、門を開けて入ってきた俺にいきなり抱きついてきた。

「お兄ちゃん……本当に、本当にありがとう！」

あれだけの目に遭ったんだ、まだ平気なはずはない。それは頬に残る涙の痕と未だ震えの残る体が物語っている。

「マリエはね、絶対シンリお兄ちゃんが助けてくれるってわかってたんだよ。えへへ」

それでも彼女は、そう言って俺に今出来る最高の笑顔で微笑んでくれた。

想像以上に強くなり『過ぎて』いたことを多少気にしていたが、それでこの笑顔を守れたのならよかったのかも知れない。少女の素敵な笑顔は、そんな俺の不安さえ打ち消してくれる。

「師匠、俺にも誰かを守ることが……出来るみたいだ」

そう呟き、俺はこれからの旅にわずかな自信と確かな手応《てごた》えのようなものを感じるのだった。

◆

すっかり俺から離れなくなったマリエを抱いたまま北門に戻ると、商隊の馬車からは馬が外され、その側には縄で縛られた三人の冒険者の姿があった。

「えっと……アイリ、これは？」

「はい。シンリ様の言いつけ通り誰も村から出させないように見張っていたら、出させろって暴れるので仕方なく縛っちゃいました！」

やっぱりか、まあ俺もこれを想定してアイリをここに残していったんだけど……。

「ところで、昨日捕まえた盗賊達は？」

「それは私が説明しましょう」

「ゼフさん……」

「実は、隊の者が早朝に門を開けた状態で出発準備をしていたのですが、その時に走り去る人影を目撃しておりまして……。縄はこの通り。おそらくは助けに侵入した者がいたのでしょう」

ゼフがそう言って差し出した縄は、鋭利な刃物で切断したようにスッパリと切られていた。

「まあ、シンリさん達が護衛してくだされば何の不安もありません。出発は明日に延ばしましたので、今日はもうゆっくり休まれてください。明日はまた同じ時間にこちらにおいでくださいね」

「わかりました。では明日」

「またねゼフおじちゃん！　やったぁ！　また今夜もシンリお兄ちゃんと一緒だね！　んふふふ」

大喜びのマリエとともに、俺達三人はエバンスさんの家へと帰って行った。


「誰か、この縄ほどいてよぉぉぉぉぉー！」

誰もいなくなった北門前では、アイリに縄で縛られたままの冒険者の、そんな虚しい声が響いていた……。

◆

『四災悪』という絶対戦力と、その女頭領の智謀によって、その勢力を伸ばし続けている『奥様の気まぐれ団』は、下部組織まで入れればその構成員は千どころではない。

そんな彼等がたかだか数十人の損失くらいで、狙った村への侵攻を諦めるはずもなく、散り散りに逃げた盗賊達は冥府の森のすぐ脇の草原にある合流地点に再び集まっていた。

「けっ、いつも偉そうに能書き垂れてやがったが。そうか、カライーカの奴殺られちまったのか！あっはっは」

彼等が合流した場所には、すでに二百人余りの盗賊が集まっており、それらを率いる『青の災悪』ことミヤコンブは、先遣隊の壊滅とカライーカの訃報《ふほう》を聞いて随分ご機嫌な様子であった。

少数で村近郊での襲撃を行い、上手くいけば数人の人質を拉致。その上で名の知れている『四災悪』の一人が先遣隊に同行して恐喝し、あわよくば無傷で村を手に入れる。それでもダメならこの本隊で村の全てを焼き払ってでも村を力づくで奪う。それが彼等の頭領が立てた計画であった。

もともと仲の悪かったカライーカとミヤコンブは普段から口論が絶えず、どちらが先遣隊で行くのかも随分もめた挙句、コイントスでカライーカが勝って赴いたのだ。

先遣隊が行けば当然村は降伏するだろう。美味しいところを独り占めされるはずだったのに、そのカライーカが逆に倒され死んだという。

「まあ、運は俺に味方したという事だな！」

「しかし、シンリとかいう冒険者。はっきり言ってバケモンみたいに強かったですぜ！」

「けっ、俺は今までそう言われて、この俺様以上のバケモンになど出会った事はない！　そのシンリとかいう冒険者の小僧も、俺の斧で真っ二つにしてやるよ！」


『それは聞き捨てならないわね……』


「な、何だ。女の声……？」

上機嫌で自らの持つ大斧を掲げ、その強さを誇示していた彼の耳に、突然見知らぬ女性の声が響く。

その声はどうやらその場の全員に聞こえたようで、互いに顔を見合わせながら誰しもがキョロキョロと辺りを伺っていた。


『覚悟なさい。シンリちゃんの敵はこの『森』の敵よ！』


異変が起こったのは、その声が響くのと同時だった……。

急に辺りの気温が下がり、森から溢れ出るようにして濃い霧が彼等全員を包み込んでいく。

そして森の中から小さな影が音もなく近寄ってくると、空気が変わり誰も身動き一つ出来ないようになってしまった。

「なんだ、あの小っちゃい魔物の仕業なのか……ぐっ」

姿を見せたのは、まるでどこぞの教皇であるかの如き豪奢な衣装を身に纏っている小柄な骸骨《がいこつ》。

だがその目玉の無い眼窩《がんか》からは、身じろぎひとつ許さない強烈な殺気が発せられている。

そんな彼の後ろからは、一体出現すれば幾つかの町や村が滅《ほろ》ぶと言われるリッチーが十数体も姿を現し、恐怖で動けぬ彼等の足元からはボコボコと地面を掘り返して彼等の数倍の数の骸骨の兵士が次々と湧いて出る。さらに宙には半透明で骸骨顔の幽体が、これも夥しい数で漂っているではないか。

「こんな数のアンデッドの群れ……う、嘘だろ。お、俺達はどんな地獄に迷い込んでしまったんだ……」

その言葉を最後に、『青の災悪』と呼ばれたミヤコンブの姿は、数体の骸骨の波に飲まれて消えた。

しばらくは呻きや叫び声があちこちから聞こえたが、やがてそれらも止んで静かになり、霧がすっかり晴れた時には、そこには死体一つさえ残ってはいなかった……。

◆

その日の夜、少し夜風に当たりたくなった俺は、寝床を抜け出してエバンスの家の屋根の上にいた。

「この夜空は冥府の森と同じものだ。あの人もこの星空を見上げているだろうか……」

エバンスの家で過ごしていると、嫌というほど『家族』というものを見せつけられる。

俺にとってのそれは、かつて乳母《うば》だった女性と師匠。そして森にいる『あの人』の三人が親代わり。

「親なんて言ったら、絶対に怒るよなあの人は……」

別に今すぐ帰りたいと思ったわけではない。

ただ、乳母だった女性の村は盗賊に滅ぼされたらしく、師匠はもうこの世にいない。

だからと言って、残るあの人がそう簡単に死ぬわけがないのは、俺が一番よくわかっているんだけど……。

あの森には隅々まであの人の気が漂っている。だからいつも、どこにいたってそれを感じる事が出来た。

完全に森から離れてしまったこの場所では、それを全く感じない。それが何だか物足りないのか。

まあ、無くて当然なんだがな……。

（んふふ、素直に言ってごらんなさい。もうホームシックなんですぅって）

「そんなんじゃないって」

（まあいいわ。彼女なら大丈夫よ。今日もちょっと悪戯して遊んでいたみたいだしね。ふふふ）

「悪戯って……あの人らしいな。ん？　待て、誰かが上ってきてる」

ミスティと念話で話していると、誰かが家の中からごそごそと出てきてここに上ってくるのに気がついた。

「いた、シンリお兄ちゃんだ！」

「マリエか、まだ起きてたのかい？」

小さな身体を目一杯使い、器用に屋根の上に上ってきたのはエバンスの一人娘マリエである。

今日で二度も窮地を救った俺のことが、ずいぶん気に入った様子で、食事中に俺の膝の上で疲れて眠ってしまうまで、ずっと俺から離れようとはしなかったのだ。

「あのね、お兄ちゃんにあげたい物があったの」

そう言って彼女は、一輪の花で編《あ》んだ小さな指輪を差し出した。

「本当はね。お兄ちゃんはマリエの王子様だから、お花いっぱい集めて王冠《おうかん》にしたかったの。でも南門からはしばらく出ちゃいけないって言われて……」

確かに、あれだけ大規模な戦闘の後だ、小さな子供にうろつかせたりはしたくないのだろう。

「ごめんね。これだけポッケに入ってて無事だったの。でもこんなに潰れちゃってて……」

「大丈夫。マリエの気持ちがいっぱいこもってるって、俺にはちゃんと伝わるよ」

「本当?」

「ああ、本当だとも。マリエがつけてくれるかい?」

そう言って両手を差し出すと、彼女は迷うことなく俺の左手を取って、その薬指にそれをはめた。

ピンク色の花びらが幾重《いくえ》にも重なった可憐な花は、すっかり押しつぶされているけれど、いつまでも俺の手を握り続けている彼女の熱がそこに込められた想いを雄弁に物語っている。

「やっぱり、ちゃんと開いているところをお兄ちゃんに見せたかったな……」

今にも切れそうな茎と歪に潰れた花を見ながら、彼女がやや涙声でそう呟いた時だった……。

「マリエ、これは……!」

「ふわぁぁ!」

彼女の両手が突然白い光を放ち始め、その光に包まれた花の指輪は、リング状に編んだ茎はみるみる元気になり、花は本来の形になって美しく咲いた。

（へえ、二度の命の危機に遭って、彼女の中の潜在魔力《せんざい》が引き出されたのね）

（そんな事ってあるのか？）

（まあ、珍しい事でもないのよ。でもこの子、かなりの魔力を秘めているわ。それに白魔法と本当に相性がいいみたい）

（白魔法？　ああ、俺達が言うところの光魔法の事か）

（でも、知識なく使い過ぎるのは危険ね。ある程度はシンリが教えてあげなさい）

（光魔法は苦手なんだよ。なんだか身体が受け付けなくてな……）

（まあ、そんな事言ってる場合でもないでしょ。あの女がシンリに教えていた事をそのまま教えればいいのよ）

（師匠のか。そうだな……わかった。やってみるよ）

俺が光っている彼女の手に空いていた右手をそっと重ねると、白い光はすうっと消える。

「落ち着いたかい？」

「うん。でも何だったの？　マリエの手どうしちゃったの？」

「それはね……」

俺はそれからじっくりと、マリエに今魔法の才能と魔力が文字通り開花した事。今後の訓練の仕方と使う際の注意事項。そして幾つかの回復魔法の使い方を教えた。

「ただし、マリエがこれまで通りの平穏《へいおん》な日々を送りたいと願うなら、もう二度と使わない事だ。

強い力は、時として自らも傷付ける事があるからね」

「あのね……。今聞いた練習いっぱいしてね、マリエが習った魔法も全部使えるようになったら……シンリお兄ちゃんのお手伝いが出来ないかな?」

「そうだな。今の俺達のパーティには回復職はいない。それに光魔法の使い手はとても貴重なんだ。何人いたって多過ぎるって事はないから有難いかな」

「そっか……。うん、マリエ決めたよ!」

そう言って彼女は立ち上がって、座ったままの俺の眼の前に立つと、その小さな両手で俺の頬に触れ、そして……。

……俺の唇にちょんと可愛らしいキスをした。

「マリエ頑張る! いっぱいいーっぱい頑張って、マリエはシンリお兄ちゃんのお嫁さんになるの!」

真っ赤な顔とあの花のように可愛らしい笑顔でそう宣言した彼女は、そのまま俺にしっかりと抱きついてくる。

当たりすぎた夜風が少し肌寒かったけど、彼女がもたらす温かさが俺にはとても心地良かった……。

◆

翌朝、寝不足と初めての魔法発動の反動で起きないマリエをそのままに、俺達はエバンス夫妻に礼を言ってゼフとの待ち合わせ場所に向かった。

「やあ、おはようございますシンリさん」

「おはようございます」

忙しそうに準備をしていたゼフと挨拶を交わし、簡単な荷運びなんかを手伝った。幾つか荷物が増えていたのは、襲ってきた盗賊達の武器や防具類だ。これらは磨《みが》き直して売ったり、金属としても売買される為、片付作業に参加した村の人々にとっては、ちょっとした臨時収入になるのだ。

「おう！　間に合ったみてえだな」

「ハンスさん、おはようございます」

準備が粗方終わったところにハンスが見送りにやって来た。

「ちっ、お兄ちゃんとは呼んでくれねえのか。この照れ屋さんめ！　まあいい、俺はお前達の名前、しっかりこの胸に刻ましてもらうさ」

俺達がなりたての新人である事などすっかり忘れて、やや暑苦しい尊敬の眼差しを向けてくるハンス。まあ、盗賊達には俺達より遥かに強いって吹き込んであるんだ、頑張れよハンス。

護衛の冒険者達はよほどアイリが怖かったのか、俺達に近寄ろうとしない。あまり刺激するのもよくないので、俺達は大人しく最後尾の場所の荷台に乗り込んだ。

「ゼフ、くれぐれも例の『霧』には気をつけろよ！」

「ええ、あの『幻の村』ですね。用心しておきます」

ゼフ達がそんな会話を交わした後、出発してゆっくりと動き出す馬車。

「素通りするつもりが、何か色々あったな」

「ええ、見事なまでの『最初の村』でしたわ。うふふ」

「カトリーヌさんのお料理、美味しかったですね」

そんな会話をしながらも俺は昨夜の事を思い出していた。

手のひらの上で、未だに綺麗に咲き誇るあの花の指輪を眺めていると……。


「お兄ちゃぁーん！」


村の門から百メートルほど離れた頃、背後から声が聞こえ、マリエが走り出して来るのが見えた。

荷を積んだ状態で普通に走っているとはいえ、走り出した馬車に子供の足で追いつけるはずはない。

俺達三人も荷台に立って手を振るが、馬車と彼女との距離は徐々に広がりつつあった。

走りながら、少女はその想いの全てを込めて、あらん限りの声を振り絞《しぼ》る。

「シンリお兄ちゃん大好きぃーー！　私頑張る！　頑張るからぁ！　いってらっしゃいお兄ちゃーん！」

声を出し切ると、限界を迎えた少女の足はそこで止まった。

だが、彼女は精一杯の笑顔で、いつまでも、いつまでも一生懸命に手を振り続けていた……。

第三章　セイナン市へ

出発してから一時間ほど。シイバ村はもう完全に見えはしない。

目的地であるセイナン市まではだいたい馬車で三日くらいかかるらしく、はじめは馬車があまりに揺れるので落ち着かなかった俺達も徐々に慣れ、今はのんびりと馬車の旅を楽しんでいる。

「ゼフさん、ちょっといい？」

「ああ、シンリさん。どうぞ」

俺は、ふと出発時のハンスとゼフの会話が気になり御者台に座るゼフに荷台から話しかけた。

「さっき聞こえたんだけど、『霧』とか『幻の村』とかって。あれはいったい？」

「ご存知ないとは……やはりお聞きした通り、シンリさんは随分と遠方から来られたのですね。ああ失礼しました。実は………」


ゼフの話によれば『ソレ』は二年ほど前から、突然現れ始めたらしい。

王都に向かう街道は、冥府の森の横を抜けてまっすぐ王都へと至るルートと、今いる、冥府の森を大きく迂回してシイバ村を越え、セイナン市経由で王都に向かうルートの二つ。

それらの街道に、当初は単なる怪談話の一つとして広まり始めた。

最初に被害に遭ったのは、遠く帝国から多くの馬車を引き連れて王都を目指していた大手の商人。七台もの馬車を連ねて走っていた彼らは、もう少しで停車し夜営《やえい》の準備に取り掛かろうとした夕闇の中で、突然濃い霧に行く手を阻まれる。だが、走り慣れた街道でしかも一本道であったために、霧を抜けてから夜営しようと考えた彼らは、そのまま二十分ほど地面の轍《わだち》を照らしながら走り続けた。

そうして、ついに霧を抜けて振り返ると……後続の馬車はたった一台しか残っていなかった……。

その後もちろん、国軍や冒険者らの手を借りて大規模な捜索が行われたのだが、結局は何の手がかりも見つからないまま、魔物に食われたのでは？　という曖昧な結論を残して捜索は打ち切られたのだ。

それからだ。ことが発生する度に出される捜索隊や討伐隊をまるで嘲笑《あざわら》うかのように、二本の街道にまたがり、その発生場所を変えながら同様の被害は度々続くことになる。

「……まるで神隠しのようですね」

「本当に神や悪魔の仕業としか思えませんでした。ですがある日を境《さかい》に、事態はとんでもない方向へと変わったんです…………」

◆

男の名はノーマンといった。

彼は猟師で、祖父から受け継いだ特殊な技術を駆使して獲物を狩っていた。それは全身をくまなく狩場に自生する植物で覆い、まさにその場所の木や草と同化して獲物を待ち続け、油断して前を通る動物を弓矢で射る方法である。人の匂いのしないよう、特別に配合した匂い袋を持ち、長い時は数日その状態でいる時もあるらしい。

ある日のこと、狩りに出た彼はいつものように身を潜めて獲物を待っていた。

しばらくすると、そんな彼の周囲が突然濃い霧に覆われ始めた。時刻はやはり夕闇が迫ってからである。

馬車が消える噂は、彼ももちろん知っていたのだが、狩りに出なければ生活も出来ないし、何より消えるのは積荷を積んだ馬車だという。

まだ獲物も持たない自分など襲われることもなかろうと、彼は視界が戻るのを気配を殺してじっと待ち続けた。

それから数分後のことだ……。

やや薄くなった霧の向こうにゴトゴトと車輪の音を響かせながら数台の馬車が姿を見せる。

狩りの特性上、人並み以上に目のいい彼の視力をもってしても、それらは恐らく馬車であろうと音とシルエットで想像できる程度のものでしかない。

そうして次の瞬間、今度は無数のボコボコという奇妙な音が辺り一帯から鳴り響き、次いで地面からおびただしい数の緩慢な動きをする影が現れ、馬車を取り囲んでいった。それらは波やうねりのように馬車に押し寄せ、中からはその馬車の乗員のものであろう怒声や叫び声が幾度も響いてくる。

このままここにいてはいけない。彼の本能が激しく警鐘《けいしょう》を鳴らし始め、彼は馬車がやって来たと思われる方向を目指して出来るだけ音を立てぬよう、必死に走った。森は彼の庭のようなもの。道に迷うはずがない。

そう思っていた……駆け出した途端《とたん》、自分が見知らぬ『村』の中に入ってしまうまでは……。

それは二十年近くこの辺りを狩場としているノーマンも全く知らない村だ。

彼は自らの記憶を頼りに周囲の状況を冷静に分析する。だが、考えれば考えるほど、ここに村などあるはずがない。

逆に自分が見知らぬ地に飛ばされた……そんな可能性を確認するべく彼は一件の家の戸を開けた。

室内には明かりこそないが、暗闇に慣れた目で見る限り、人が生活している空気と気配で満ちている。

これならば、ここの村人に助けてもらえるかも知れない。

そう僅かな希望を見出し、次の部屋の扉を開けた彼は……声にならない叫び声を上げる……。

結果から言えば『住人』は確かにいたのだ。食卓に座った姿勢の親子が三人。

だが……扉の開く気配にこちらを振り向いた親子の顔は、いずれも骨が見えるほど腐敗《ふはい》したものだったのだ。

それらは『ゾンビ』もしくは『食人鬼《グール》』と呼ばれる魔物たち。

すぐさまノーマンは背中を向けて外に出る。そうして、見知らぬ村の中を必死で走り続けた。

魔物たちに追われ、途中で見つけた納屋の中に身を隠して懸命に夜明けを待ち続けたノーマン。

朝日を感じて目を開けた時には納屋どころか村など存在せず、彼は見慣れた森の、一本の木の虚《うろ》の中にいたそうだ……。

◆

「それが、幻の村……ですか？」

「ええ、彼同様の目撃談はそれからも幾つか続いています。しかし、この話を誰もが知っていたために村が見えた途端に逃げ帰ってきた者がほとんどで、彼以外この村に入っていった者は、今のところおりません」

この村もやはり両方の街道で目撃され、さらにはその発現場所も毎回異なるようだ。

冥府の森にもアンデッドのみが暮らす『不帰の森』があるが、彼らが住処をそんなに変える必要性はないはずだし、何より商隊の積荷になど興味を示す理由がない。

「そんな物を欲しがる輩といえば……」

「まあまあ、そんなにしょっちゅう現れるわけでもないですし、心配なさらずとも大丈夫ですよ。幽霊を怖がっていては商売は出来ませんからね」

……ああ、言ってしまったなゼフ。それがフラグでないことを祈るよ。

そんな俺の心配をよそに、その日は何事もなく夜を迎え、夜営して無事に翌日の朝を迎えた。

◆

「なんか重っ！」

翌朝、やけに自分の体が重くなった感覚で目を覚ますと……。

「お、おはようございますシンリ様……」

「あらお兄様、お目覚めですの？　ですがもう少しだけ兄エキスをぉぉ……ぐへへ」

狭い荷物の隙間で寝ていた俺の上に重なり合うようにして、アイリとシズカが一緒に寝ていた。というより乗られていた。

「何が兄エキスだ！　そんな怪しい物質を分泌《ぶんぴ》した覚えはない！」

「では、ワタクシが分泌のお手伝いをして差し上げましょうか？」

「わ、わわ私も、頑張ります！」

そう言ってさらに体を密着してくる二人。薄着になっている二人の柔らかな感触と甘いような香りは嫌いじゃない。

冥府の森ではよくこうやって三人で眠っていたので、森の外、それもバラバラで眠るのが彼女たちは寂しかったのかも知れない。

だが……。

「ああーもうっ、狭いわっ！」

俺は、ポイポイと上に乗った二人を馬車の外へと投げ捨てた。

「あうー、痛いですシンリ様」

「なんて雑な扱い……でも、これはこれで悪くないですわね。はあはあ……」

「馬鹿なこと言ってないで、二人とも準備しろよ！　俺達仕事中なんだからな」

全員で簡単な朝食を食べた後、一行は再びセイナン市目指して走り出した。

例の護衛の冒険者たちに、俺たちも外を警戒しようかと言ってみたのだが、好きにすればいいと言われたので、好きに護衛させてもらうことにする。

先頭の馬車にアイリ。二番目の馬車のゼフのそばには俺、最後尾の馬車にはシズカがそれぞれ分かれて乗り込んだ。

しかし、日中は平和そのもの。その日も何事もなく暮れるのだと誰もが思い始めていたのだが……。

「シンリさん、少々まずいことになったかも知れない」

「どうしましたゼフさん……」

荷台の中で夜営のための荷物を準備していた俺に、やや緊張したゼフの声が届く。

御者台の方へ身を乗り出すと、すぐにその異変に気がついた。

「これは……霧！」

夕陽はほぼその姿を隠し、薄っすらと紫の部分を残した空が、光源を失った目に街道をより一層暗く感じさせる。

そんな夕闇の中、ただでさえ闇に慣れぬ視界を濃い霧がベールのように覆い隠し、目の前を走る馬の頭部でさえぼやけるほどだ。

先頭の馬車が灯した明かりがわずかに光を放ちながら動いているので、かろうじてアイリの乗る馬車は無事だとわかった。

「シンリさん、我々はまさか……」

「まだわかりません。だが……さっきの話が事実というならば、そうである可能性が高い」

……確証はない。だが、聞いた話そのままのこの状況……ならば。

「アイリ！　アイリィー聞こえるかぁー！」

「……聞こえますよぉーシンリ様ぁ！」

よかった。とりあえず先頭の馬車には異常がないみたいだ。

俺は、再度アイリに呼びかけ、少しづつ速度を落としてゆっくりと停まるよう指示をした。

「どう、どうどう！　馬車は？　私の馬車は……」

馬車を停止させるとゼフは急いで後ろに駆けていき後続の馬車の姿を探した。だが……。

「う、嘘だ……これではまるで……」

そこには深い霧が立ち込めるばかりで、いつまで待っても馬車は一台も姿を現さなかった……。

◆

ここは、霧深い森のとある場所。

そこには魔法発動に使うと思われる巨大な幾何学模様の円陣が淡い紫の光を放ち、そばにはそれを制御していると思われるローブを着た者が数人。さらにその周囲には、武装した百人以上の男女が集まっていた。

そこに一体のゾンビが、なぜか元気良く駆けてくる。

「姉さん！　ココアの姉さん……ブヒャァーッ！」

そのゾンビは、ある人物に駆け寄ると……来た時の倍の速さで、蹴り飛ばされた……。

「何度言ったらわかるんだい！　どこの世界に全力で走るゾンビがいるんだよ、この下手くそが！演じるなら細部にこだわりな！」

「す、すみみゃせん……。姉さん……あっ！」

立ち上がろうと上を向いた男の額に、赤いハイヒールの踵が乗せられる。

その靴裏越しに彼が見上げる先には、カールした長い金髪と赤い瞳を持った妖艶な女性が立っていた。

裏地が真っ赤な黒いマントを着込み、その中には真っ赤な革製の下着のようにしか見えない過激な服。真っ赤なロングブーツの踵は十センチ近くはあるだろう。

「姉さんじゃないだろう。今の私は吸血鬼《ヴァンパイア》ココア・シーガレット様だよ、このゴミが！」

男の額の上で、押し当てられたヒールの踵がグリグリと動かされ、その度に男は嬉しそうに悲鳴を漏らす。

「で、いったい何だってのさ？」

「はあはあ……じ、実は罠に、今回の馬車《えもの》がかかりまして……」

「それを先に言えってんだよ！」

「ぎゃんっ！」

再び、男は蹴り飛ばされていき、少し先でピクピクと身を震わせている。

「さあ、今夜のショーの始まりだ！　行くよ、アンタ達っ！」

彼女、ココアがそう告げるとその場にいた者全てが……ゾンビとなって彼女の後について歩き出していった。

◆

「……ふうん、吸血鬼……ね」

俺は、ミスティに頼んで後続の馬車がどこに行ったのかを探ってもらっていた。

するとそれらはここからわずか二百メートルほどしか離れてない森の中の開けた場所に停まっ

ていて、そこにはココアという吸血鬼の女性に率いられたゾンビの軍勢が近づいているというのだ。

（この霧も実体はない『幻』だわ。強力な魔法陣を使って結界内外に幻術を展開しているみたい）

「だけど、そんな膨大な魔力をどうやって？」

（たぶん奴隷ね。魔法陣の中には何人もの奴隷がいたわ。恐らくは彼らから魔力を根こそぎ搾《しぼ》り取っているんでしょうね）

「人間を電池代わりか、やることがえげつないな……」

「シンリ様！　のんびりしている場合ではありません！　すぐにシズカさんを助けに行かないと……」

俺の口からミスティの報告の内容を聞いていたアイリは、一刻も早くシズカを助けに行こうと槍を手に森に入ろうとする。

そんな彼女の手を掴み、俺はアイリを引き止めた。

「……シンリ様？」

「まあ、ここはシズカに任せよう。アンデッドなら森でもたくさん戦ったじゃないか」

「ですが、吸血鬼ですよ！　アンデッドの最上位に君臨する不死の王なんですよ？」

あれだけ冥府の森で平然と魔物との修行の日々を過ごした彼女が、やや取り乱すのも無理はない。

この世界の伝承やおとぎ話なら、吸血鬼は、現れただけでその国が滅ぶとまで語り継がれている最強最悪のアンデッド。いかにシズカの並外れた強さを日々目にしてきたとて、分が悪いと感じるのは当然である……相手が本物ならね。

「そうか、アイリにはまだ話してなかったね……」

「何がですか？」

「ああ、シズカは……」

◆

「今回は三台かい？　まあまあじゃないか。このところ車列を率いた商隊もめっきり少なくなったからねえ」

ゼフの商隊から引き離された三台の馬車は、さっきミスティが見たように森の中に停まっていて、その周囲はココアを中心とした百体近いゾンビによって取り囲まれていた。

「どこで誰に見られてるかわかったもんじゃないんだ。下手な演技する奴は後でキツーいお仕置きだからね！　さあ行きなゾンビたち！」

ココアの号令で、ゾンビたちはやや緩慢《かんまん》な動きを見せはじめ、ゆっくりとまるで本物のアンデッドのようにして馬車に迫って行く。

そうして、ついに最初の一人が馬車に手をかけようとした瞬間、その『声』が響き渡った……。

『おやめなさい』

それは鈴のように可憐で心地よく、それでいて誰であっても逆らえぬ。そんな……彼らの心を一瞬で掴んでしまうような不思議な『声』。

まるで硬直してしまったかのように動かない身体。その中で唯一動かせる頭を声のした上方へと持ち上げ、彼らはその声の主を見た。


彼らが見上げる先、荷馬車にかけられた幌の最も高いところには、一人の少女が立っていた。

不思議なことに足元の柔らかな幌にはおおよそ重量がかかっている感じはなく。それどころか、目の前にいるはずなのに彼女はひどく現実離れした存在に感じられる。

それはある意味、彼女のその姿ゆえであったのだろう。

星明かりに照らされてキラキラと輝きを放つ、銀髪の長い長いツインテール。可憐で見る者を瞬時に虜にしてしまう美しい顔に妖《あや》しく光るのは、右が真紅、左が黄金のオッドアイ。さらに身に纏う衣装は、様々なアレンジが施されているものの、宮廷などに勤める侍女などが身につけるというメイド服なのだ。

その、この世界では在りえないアンバランスな姿が、雲の隙間から差し込む月明かりと相まって、少女の神秘性をより一層高めている。

『うふふふ。お兄様とワタクシたちが守る馬車を襲うなんて、運のない方たちですこと』

そう言って微笑みながら、彼女の真紅の瞳がさらにその輝きを増していく。

ゾンビに扮《ふん》した百名の盗賊たちは、それをただ見上げることしか出来ずにいた。

「何やってんだい馬鹿どもが！　固まってないでさっさとそこから引きずり降ろすんだよ！」

そんな中、シズカがわざと『魅了』をかけなかったココアだけが、そう言って苛立ち大声を上げる。

だが誰ひとりとして動かない。いや動けないのだ。

シズカの妖しく光る真紅の瞳を見た瞬間から彼らの体の自由は奪われ、彼女の操り人形と化してしまったのだから……。

『あら、動いて欲しいの？　でしたら皆様、さあ踊ってくださいまし！』

そう言うとシズカは、胸の前で一回パチンと手を叩いた。

だが、それは彼らの解放の合図などではない。それは死を呼ぶ狂乱の『舞踏会《ぶとうかい》』の始まりを告げるものだ……。

「や、やめてくれ……ギャアァァ！」

「い。いやだ、手が勝手に……」

「止めろ！　止めてくれぇぇ……うぎゃぁぁ！」

シズカの合図によって、彼らはまるで出来の悪い操り人形のようなぎこちない動きで、手にした様々な武器を振るい、近くの仲間たちを手当たり次第に斬りつけ始めた。叫び声とは正反対に、彼らは各所で次々と同士討ちを繰り返していく。

それは操られている者の命が尽きるまで続く、地獄のような舞踏会。

幻影の魔法により、見た目がゾンビ化していることもあって、その凄惨な光景は、目撃者がいれば、さぞや恐ろしい新たな伝説を生み出したことだろう。

「何やってんだい！　止めな！　止めるんだよ！　この最強の吸血鬼である、ココア様の命令が聞こえないのかい！」

未だ低く立ち込めた霧のせいで、馬車に迫った彼らの現状をはっきりと見ていないココアは、すぐ目の前で同士討ちを始めた部下に蹴りを入れ、押しのけてそれを止めようとする。だが、いくら激しく蹴り飛ばしても、彼らは本物のゾンビのように起き上がり、再びココア以外の者を攻撃するのだ。

『あら貴女、ワタクシのお仲間でしたの？』

「な、何者だ、貴様はぁ！」

そんなココアの背後から、再びあの声が聞こえる。

彼女はとっさに振り返りざま、隠していた短剣でシズカの手の甲に斬りつけた。

『何者だなんて、貴女がさっき仰ってたではないですか……』

「……ひ、ひぃい！　き、傷が……」

シズカは、わざと斬らせた手の甲を彼女の顔の前に差し出し、その傷がみるみる塞がっていく様子をまじまじと見せつける。

『貴女と同じ……ただの吸血鬼ですわよ！　うふふ』

「ひぃっ！　う、嘘！　ほ、ほほほ本物の……いやあああああっ！」

そんなココアの叫び声が闇夜に響き、そしてすぐに霧とともにかき消えた……。

◆

「ただいま戻りましたわお兄様！」

「ああ、おかえりシズカ。ご苦労さん」

結局、後続の馬車がはぐれてから一時間とかからずに街道の霧は消え失せ、シズカは三台の馬車とともに戻ってきた。

……その三台目の馬車に、生き残った盗賊や奴隷たちをすし詰めにして……。

「……ところでお兄様、アイリはなんであんな遠くに隠れているんでしょう？」

「ああ、ついさっき知ったんだよ。お前が吸血鬼、それも『真祖』と呼ばれるアンデッドの頂点に君臨する存在だってことをな……」

ニヤリと、シズカが悪そうな顔をして笑う……。

「ふふふ。私が怖いのかしら？」

「ひいぃぃぃ！」

次の瞬間、シズカは距離を詰めアイリの背後に回り込んでいた。

「血ぃー吸うぅーたろ……」

「止めい！」

「ぎゃん！」

レトロな大御所のギャグを実行していたシズカを、さらに彼女の背後に回り込んで叩き、それだ

け は全力で阻止する。

「アイリ、いきなりで驚いたかも知れないが、この通りシズカはシズカだ。これまでと何も変わらない俺たちの家族だよ」

「……はい。ごめんなさいシズカさん！」

「いいのよ。その反応が見たくて黙ってたんだから。うふふふ」

自らの体に『呪い』という不安要素を抱えているアイリ。魔道具のチョーカーと森での修行で精神的にはかなり前向きになった彼女だが、俺やシズカの過去を含めて未だ明かしていない話も多い。それはアイリの精神面を考慮してのことだ。

俺自身が常々口にしているように、俺達は血のつながりこそないが『家族』である。支え合い、互いの喜びも苦しみも全て分かち合って、一緒にこの世界を生き抜いていく大切な仲間。それが俺にとっての家族の定義である。

いずれは、きちんと話せる時期が来るだろう。それを聞いてもなお、俺やシズカのことを自らの家族だと受け入れられるよう、俺達はその結びつきをより強めていかなければならない。これは、その第一歩。

……まあ、笑顔で話すアイリとシズカのあの様子なら、問題はなさそうだな。

「あのー、歓談中のところ申し訳ないのですが。シンリさん、最後尾の馬車の『中身』についてそろそろ説明してもらえませんか？」

「あ、ああゼフさんすみません。実は…………」

俺は、霧ではぐれたシズカたちの馬車がたまたま盗賊と遭遇し、返り討ちにして捕まえてきたのだと『嘘』をついた。

大きな噂になり、さらには国軍までが捜索している謎の現象。

そんなものを解決し、さらには犯人を捕まえたなどということが知れ渡れば、多くの注目を浴びてしまい、結果行動の自由が奪われることになると考えたからだ。

……俺たちには俺たちの目標がある。できれば余計なことに煩わされることなく旅をしていきたいんだよ。

護衛の冒険者が盗賊などを捕まえて荷物とともに護送するというのも、意外とよくある話らしい。

街に着いてからの手続きもゼフが全て引き受けてくれることとなり、俺たちはその場で夜営の準備にとりかかった。


「ふわあぁぁーぁ……」

「眠かったら寝ててもいいんだぞシズカ？」

その夜、俺たちは同行している冒険者たちに自ら申し出て夜間の警備を担当した。

走行中の馬車が日中に襲われることなど稀《まれ》なこと。実は、夜間に襲撃を受ける危険性の方が何倍も高いのである。

「眠いわけではないのですが、どうにも退屈で……」

「何言ってんだ。さっき散々遊んできただろう？」

「でも、あの偽吸血鬼の女なんて、威勢ばかりよくてもワタクシの正体を聞くだけで気絶してしまったんですのよ！　メインディッシュのつもりでしたのに本当につまらないですわ！」

「まあ、それが普通の反応だと思いますよシズカさん」

「もう！　アイリまで人を化け物みたいに……化け物といえばお兄様、あの人間電池にされていた奴隷の中に身体中に十個もの隷属の首輪を着けられたガチムチの男がいましたわ。しかも乗り込んだ時に見えた魔力の流れから、あの魔法陣発動にかかる魔力の半分以上は彼から発せられたもののようでした。あんな人間がいるなんて……あれも一種の化け物ですわね」

それを聞いて、三人同時に盗賊たちを押し込んである馬車を見る。

幻影の魔法もそうだが、森の外には未知の世界が広がっているんだ。俺たちは改めて、気を引き締め直すのだった。


シズカの強力な魔力によって付近の魔物が逃げ出したのか、そのまま何も起こらずに夜明けを迎える。

だが、ちょうど山の上辺りが朝日で明るくなってきた頃、前方に魔物の気配を察知した。

数は一体。まだ距離はあるものの、ゆっくりとこちらに向かって来ているようだ。

「お兄様いかがなさいました？」

シズカが急に動きを止めた俺の様子を見て問いかける。

「八百メートルほど先に、何かいるな。恐らく魔物だ。冥府の森の感覚じゃ雑魚だろうが、護衛の冒険者達では束になっても勝てんだろう」

「いかがなさいます？　何ならすぐにでも捻り潰してまいりますが」

「いや、俺が行こう。皆が起きてくる前に片付けてくるよ」

そう言って俺は、その魔物の場所まで駆けて行った。

「あれか……」

向かった先には、身長三メートルほどの大鬼《オーガ》が餌を探しながら彷徨っていた。

普通の冒険者にとっては強敵だろうが、日常的にクロほどの魔物を相手にしていた俺の敵ではない。

血の跡や匂いを残すのも避けたかったので、簡単に首の骨を折って仕留め、死体に他の魔物が寄って来ないよう、とりあえず『収納』してすぐにシズカ達の元へと引き返した。

「さあ、今日も張り切って襲撃してもらいましょうか！」

「朝から物騒なことを言ってるんじゃない！　朝食を済ませたら交代して少し眠るとしよう」

日が昇り、妙にテンションの高いシズカを落ち着かせ馬車の中で仮眠を取ることにする。

その後の道程は平穏そのもの。

シズカが期待する、襲撃イベントなどは一切発生せず、夕方前には無事セイナン市の城門前に到着した。

セイナン市は、街全体を城壁で囲ったそこそこ大きな城塞都市だ。

街への入場口と思われる大きな門の前には、入場待ちの人や馬車などが列を作っていた。

「シンリさん、私達は馬車の検査を受けねばなりませんので一旦お別れです。中に入った所でお待ち下さい」

「わかりました。それでは後ほど」

順番が来ると、馬車それぞれに御者を一名ずつ残し、それ以外の者は正門横に作られた小さな木戸の前に並び直した。

どうやら、こっちが人用の通用口であるらしい。

「次、入れ！」

扉の前にいた兵士に促されて中に入ると、そこは小さな部屋のようになっていた。

室内にはテーブルが一つ置かれていて、その上には石板と水晶玉を合わせたような物が大切そうに置かれている。

これがたぶん、ハンスが言っていた身分証を確認する魔道具なのだろう。

「身分証はあるのか？」

「あ、はい。これを……」

ハンスが作ってくれた仮冒険者証を石板の上に置くと、水晶が淡く輝いて、兵士がそれを真剣な目つきで覗き込んでいる。

（なるほど、今あの水晶に名前なんかが表示されているわけか……）

「通っていいぞ。わかっていると思うが、早くギルドに行って正式なギルドカードを作るんだな。これでは討伐証明にならないからな」

「わかりました。ありがとうございます」

「なあに、こっちも仕事だ。セイナン市へようこそ！」

身分が証明されると、兵士も気が緩んだのか表情や口調が穏やかになった。

ちなみにこの兵士、俺以外の二人の時は終始デレデレだったらしい。うん、理不尽だ……。


「いやあ、お待たせしてすみませんシンリさん」

「いえいえ。でも、ずいぶんと手間取っていたようですが？」

俺達がすんなり城壁内に入ってから、およそ一時間近く経って、ようやくゼフが俺達の待つ場所にやって来た。

「それが、例の盗賊達を街の衛兵に預けていたのですが、何せ人数が多くて……。すっかり遅くなりました」

見れば、一台の馬車の隣にはやや頑丈そうな馬車が横付けされており、その周囲では数人の兵士が警戒をしている。

「……それはなんとも、すみません」

「とんでもない！　シンリさん達には本当に感謝しているんです。これくらいはなんでもありませんよ」

その後、何度もお礼を繰り返すゼフから、彼の店の場所とギルド、そしてオススメの宿を教えてもらった。

「では私は、ギルドに依頼終了と今回の件の報告をしてから店に戻ります。この度は本当にありがとうございました。もし私で力になれるようなことがありましたら、いつでも店を訪ねて下さいね」

そう言ってゼフは、商隊とともに帰って行った。

「さて、俺達も宿へ向かうとするか？」

「はい、お兄様」

「お腹ペコペコですぅー」

陽は、もうすっかり傾いている。俺達は、急いでゼフに勧められた宿屋を探すことにした。

◆

「どうやら、ここのようだな」

「なかなか雰囲気のいい宿ではなくて」

「中から、いい香りがしますぅー」

ゼフが勧めてくれたのは、門から少し歩いた所にある『麦《むぎ》の香亭《かてい》』。

建物は木造の三階建てで、一階はパン屋兼食堂になっているようだ。

夕食時ということもあり、店内は多くの客で賑わっている。だが、半数以上は食事というよりお酒を楽しんでいるようなので、どうやら夜間はバーや居酒屋といった感じの営業スタイルにしているのかも知れない。

「いらっしゃいませー！」

受付がわからず、食堂のカウンターの前まで来ると、エプロンと三角巾を付けた小さな少女が元気に出迎えてくれた。

「お泊まりですか？」

「ああ、部屋は空いてるかな？」

「すみません。今日は泊まりのお客さんが多くて、空いてるのは二人部屋が一つだけなんです」

なるほど、さすがに目の肥えていそうな商人ゼフのおすすめだけあって、かなり人気があるようだ。

「そこに三人で泊まらせてもらうことは可能かな？」

「えっと……だ、大丈夫ですよ！」

……む、妙な誤解をさせてしまっただろうか。少女は、俺の後ろにいるアイリとシズカをチラチラ見て、やや頬を染めている。

「ありがとう。では『妹』達も一緒で頼む」

「ああ、妹さんですか。はい！　ではお部屋代を……」

よし、言い訳がましいが少女の誤解は解けたようだ。

冥府の森の住処ではベッドが一つしかなかったため、三人一緒に眠るのにすっかり慣れてしまっていたが、これからは多少周りの目というのも気にするべきかもしれない……。

ちなみに、宿代は前払いで銀貨三枚。この国の通貨は、金貨に銀貨それに銅貨といった小説やラノベなどでおなじみのものだ。

価値は単純に銅貨十枚で銀貨一枚。銀貨が十枚なら金貨一枚だから、金貨が一万円銀貨が千円銅貨が百円といったところか。

「お兄様、ツインが素泊り三千円なら、まあ良心的ですわね」

「……せんえん？」

「いや、なんでもないよ。とりあえず十日ほど部屋を借りられるかな？」

「はい。ありがとうございます！」

シズカの発言にきょとんとする少女に、金貨を三枚渡して部屋の鍵を受け取り、俺達は教えられた部屋へと向かった。

部屋は三階の角部屋。六畳ほどの広さで窓が二つあり、ベッドが二つ並んでいる。

あとは小さなテーブルが申し訳程度にあるだけのシンプルなものだ。だが、掃除が行き届いており清潔感があるのは好感が持てる。

「なかなか綺麗なところですわね」

「ベッドも気持ちよさそうですぅー」

「とりあえず食事にしようか？　さっき食堂で見た料理はどれも美味しそうだったしな」

部屋に荷物を置くと、俺達は下の食堂に向かった。

食堂には、さっきの少女の母親らしき女性が給仕をしながら忙しそうに動き回っている。

『らしき』と言うのは、顔が少女によく似ていたからなのだが、なにせとにかく大きいのだ。

身長は二メートル近くあり女性ながらも筋骨隆々。まるで、一子相伝の暗殺拳でも使えそうである。

あの可憐な少女も、いずれこうなるんだろうか……いや、まさかな。

「あんた達こっち空いてるよ！　さあおいで！」

俺達を見つけるとその女性が手招きするので勧められたテーブルに着いた。

「泊まりのお客さん達だね。あたしゃアンナロッテってんだ、アンナって呼んどくれ！　なんなら特別にお母さんって呼んでくれたって構わないんだけどねぇ。あっはっは」

なんだか似たような事を、つい最近どこかで言われた気が……。この世界の流行りなんだろうか。うん、気にしない事にしよう。

「泊まりなら銅貨五枚の日替わりがおすすめだよ！　他にはカウンターの上に書いてあるから好きなの頼んどくれ。一品でも頼めばウチのパンは食べ放題さ！」

確かにカウンターの上には木の板に様々な料理の名が書かれている。とりあえず今日は、アンナおすすめの定食にしてみるか。

「じゃあ、日替わりを三人分お願いします」

「あいよ、ちょっとばかし待っとくれ」

それから待つこと十分ばかり。どうやら俺達の定食が出来上がったようだ。

「待たせたねえ！　パンが足りなくなったら遠慮なく言っておくれ」

そう言って運ばれてきたのはクリームシチューのようなもの、サラダ、それに何かの肉を煮込んだ小鉢。そして木で編んだバスケットに入った数種類のパンだ。

料理は、どれももちろん美味しかった。だが、そこは流石に本職のパン屋さん。料理と一緒に運ばれてきたバスケットいっぱいの数種類のパンはどれも絶品で、俺達はあっという間にバスケットを空にした。

「お兄様、おかわりしましょう！　おかわり！」

「シンリ様、私ももっと食べたいですぅ！」

「了解。アンナさーん、パンお願いします」

おかわりを頼むと、再び山盛りのパンが運ばれてきた。

俺達は、その美味さに夢中になり、大満足で夕食を終え、部屋に戻った。


「さすがに、風呂完備とはいかないか……」

森での暮らしでは、泉での水浴びくらいしか出来なかった。

アイリも実家では、体を拭いたり川で水浴びをする程度だと言っていたのだが、俺やシズカは密かに、この旅の中で久々の風呂の湯船に浸かれるのではないかと楽しみにしていたのだ。

だが、残念ながらここに風呂は無いらしく、井戸から汲んできた水を衝立《ついたて》で隠された簡易スペースで浴びるだけ。

家に風呂を持つのは、貴族や一部の金持ち連中だけだろうとは、アンナの言葉である。……残念。

水浴びを済ませた俺達は部屋に戻り、明日からの方針を話し合った。

「移動がいつまでも徒歩というのは問題がある。この街で馬車が購入できればいいが……」

「そうなると、やはり先立つものが必要になりますわね」

俺は、師匠からコートや剣の他に、彼女が生前に冒険者として活動して稼《かせ》いだ金品を全て譲り受けている。

それらは全て魔眼の中に収納されていて、いつでも取り出すことが可能だ。

「そうだな。出来るだけ師匠の遺産には頼りたくないからな」

「あと、マジックバッグも買うんでしょう？　シンリ様には、その魔眼があるので必要ないんじゃないでしょうか？」

マジックバッグというのは、見た目の容量以上に大量の物資を収納出来る特殊な魔法の鞄である。

商人や一流の冒険者などは、このマジックバッグを荷物の運搬などに用いるらしい。ただ、恐ろしく高価で入手も難しいというのだが……。

「逆だよアイリ。魔眼があるから、それを隠すために必要なんだ」

これは実は、師匠からのアドバイスだ。

俺の魔眼の能力の一つ【暴食眼《ベルゼブブ》】は、いわゆる無限収納として使える能力である。

いかなる大きさや量であっても、その視界に捉《とら》えさえ出来れば、それらを魔眼の中にある異空間に収納でき、取り出しも自由だ。

さらに、その内部では時間の経過がないらしく、生物を生きたまま入れれば当然息絶えるが、食料品などは鮮度はもちろんのこと、温かい作りたての状態で料理をいつまでも保管することが出来る。

ただ、漫画の猫型ロボットの四次元ポケットのように、俺の左目の辺りからニュッと巨大な物を取り出す姿は、見た者に軽くトラウマを刻んでしまうほどに異様な光景だ。

それを誤魔化すためのマジックバッグ購入は、この旅を始めるにあたっての最優先事項なのである。

「もちろんアイリの武器、装備も揃えなきゃな」

「でも、私にはシンリ様が作ってくださった、この槍がありますよ？」

そう言って愛用の槍を大切そうに抱きしめるアイリ。

「俺は武器の作成は素人だ。それもいつまで使えるかわからないだろう。これからの旅を無事に乗り切っていくためにも、アイリにはきちんとした装備を整えてもらいたいんだよ」

「あうぅ……わかりました」

……あれは、折れた剣の刃を木の棒の先に縛って付けただけだからなあ。

「あら、装備ならワタクシが作ってみましょうか？」

「却下！」

「それはあんまりですわ！　このハンマーだって作れましたのに！」

シズカには真祖である能力の他に幾つかの固有能力、ユニークスキルが備わっている。

その中の一つであるスキル『残念な一張羅《パーフェクトオートクチュール》』は、完全な『無』から何かを生み出す能力。

だが、等価交換の原理を完全に無視した形で生み出される品物には、その能力に見合わないほどの高い代償を求められるのだ。

例えば、彼女が愛用しているメイド服『怨者の冥途服《アキバラブソディ》』。

……名付けたのはもちろん、シズカ本人だ。

これは、見た目に反して高い防御力と防汚《ぼうお》、自動洗浄能力を備えている。ここまでなら、よくある普通の装備品。

だがこのメイド服は、周囲で死んだ者の『魂』を取り込んで蓄積し、着用者が即死に至るほどの攻撃が加えられた時に、その魂を贄《にえ》としてその攻撃をなかったことにする。ちょっとゾッとする能力だが、まあここまでもなんとか許そう。問題はその代償だ。

代償として、このメイド服を着用した者は即死する……。

「着用する意味あるのかコレ？」

「んもうっ！　ワタクシは『不死者』ですので問題ありませんわ！」

不死なら、そもそも即死回避の必要ないんじゃ？　と聞いてみたら、俺の本気の攻撃のように、その防御力を突破し、尚且つ自己修復が必要な損傷がある一定の度合いをオーバーした場合に発動するらしい。

「服はともかく、この『不壊痛塊鎚《クラッシャー》』はどうです。決して壊れない頑強な武器ですわよ」

「で、代償は？」

「対象に与えたダメージと同じダメージを使用者に与えるだけですわ！」

「いや……だけってお前」

実は、森での修行の中で幾つかの武器を装備させてみたのだが、シズカの力は人のそれと比べてあまりにも強く、森で拾った武器では耐えられる物が全くなかった。

そこで彼女が幾つかの失敗を経て作り出したのがこのハンマーなのだ。特徴としては、俺や彼女が全力で振っても壊れない頑丈さ。

攻撃時のダメージは、先ほどの高い防御力を持つメイド服を着ているが故になんとか相殺出来ているにすぎない。やはりこれも、結局はシズカ専用装備なのである。

「とにかく却下だ。作るならシズカ、自分のだけにしておけ。アイリも決して触れるんじゃないぞ！」

「そんなぁ……しょぼぼん」

「……わかりました、シンリ様」

可愛らしく、落ち込んでみせるシズカ。だが悪く思うな、これはアイリの身を守るためだ。

「よし、当面の目的としては、ギルドカード作成。マジックバッグの購入。そして当面の資金を稼ぐためにクエストをこなしていくってことでいいな？」

「そして、お金が貯まったら馬車を購入して次の街へ、ですねシンリ様」

「お兄様、冒険者の定番。薬草からスライム、そしてゴブリンへのテンプレもお忘れなく！」

「いや……それは別にいいから」

みんなでそんなことを語り合いながら、俺達のセイナン市最初の夜は更けていった。

◆

翌朝、鼻腔をくすぐるいい香りで目が覚めた。

下のパン屋で仕込みが進んでいるのだろう、パンの焼けるいい匂いだ。まさに麦の香、名前通りだな。

「……と、あれ?」

起きて顔でも洗いに行こうと、体を起こそうとしたのだが、そこで柔らかな二つの重みが、俺を押さえていることに気がついた。

「まったく……」

見れば、昨夜隣のベッドで眠ったはずのシズカとアイリが俺の両側からしっかりと抱きついて寝息を立てている。

たいして大きくもないベッドなので二人とも半身は俺の上に乗った状態だ。

「まあ、急ぐわけでもないからいいんだけど……」

二人の可愛らしい寝顔を見ていると、どうも無理に起こすのはしのびない。

仕方がないので、二人の柔らかな髪を撫でながらパンの焼ける香りに包まれてまったりとした時間を過ごし、彼女達が目覚めるのを待った。

その後、起きた二人が準備をする間に先に下に降りた俺は、パンの香りに誘われて厨房前に来ていた。

「あ、おはようございます」

中には、昨日厨房の中で調理や洗い物をしながらテキパキと動いていた男性がいて、やはり忙しそうにパン作りを行っている。

挨拶をしてみたのだが返事がない、忙しくてそれどころではないのだろうか……。

「…………おはよう」

邪魔をしてはいけないと思いその場を離れようとすると、中からとても渋い男性の声がボソッと聞こえた。

……どうやら聞こえていたみたいである。

「泊まりか…………」

今度は彼から質問された。それにしても、アンナほどではないものの彼もかなり筋肉質でガッチリとした体型だな。

ちょっと声が小さく、口数も少ないようだが……。

「はい。しばらくお世話になります」

「…………ピエトロ」

「はい？」

「名前だ。……お父さんと呼ん……何でもない」

「はあ……」

名前はピエトロというらしい。話すのが苦手そうな彼なのに、やはり例のを言おうとしていた。

……この国で流行っているのか……身内呼び。

◆

焼きたてパンを堪能し、朝食を済ませた俺達は早速この町の冒険者ギルドに向かう事にした。

町を歩くのに武器は必要ないだろうと言ったが、シズカ曰く絶対にテンプレで戦闘になると押し切られ、結局三人とも武器を手にしている。……やれやれ物騒な一行だ。

だがギルドに近づくにつれ、それが杞憂《きゆう》であったと思い知らされた。

道を歩く俺達の周囲には全身鎧や大剣、大斧。背には予備の武器や大きな荷物を持っていたりと、まるで戦争に向かうように仰々しい出で立ちの人々がどんどん増えてきて、逆にこっちが軽装過ぎて目立つくらいになっている。

今も、揃いのゴツい全身鎧を纏った一団が俺達を追い抜き、去り際に明らかに小馬鹿にしながらゲラゲラと笑って去って行った。

「これが全員冒険者か。ハンスしかいなかった出張所とは大違いだな」

「ホント、圧倒されますわね。でも遠巻きに笑っていないで、早く誰か喧嘩売って来ないかしら?」

「戦闘になるんですか?」

「いや、別に無理に戦おうとしなくていいからな。早く行くぞ」

ワザと周りに聞こえるように言い、テンプレを引き込もうとするシズカを制し、俺達は人混みと共にギルドへと急いだ。

◆

「これはまた……」

ギルドの建物はレンガ造りの三階建て。周りと比べてもかなり大きくしっかりとした造りだ。

丈夫そうな扉を開けて中に入ると、そのあまりの人の多さと喧騒に圧倒される。

広い一階のホールはそうだな、例えるなら銀行の窓口といった感じか。

長いカウンターには四ヶ所の受付があり、そのどれもが長蛇の列だ。

「来る時間が悪かったかな。どうする？　出直すか？」

「結局、何にも起こらないですしね」

「人がいっぱいですね」

これでは手続きどころではなさそうだ。せっかく来たが時間を改めようと振り返った時……。

「そこの貴方」

これだけの人混みなので、それが俺に向けられたものとは限らないのだが、よく通るその声は激しい喧騒の中でもはっきりと耳に届き、反射的に振り向くとカウンター脇にある二階へと上る階段の中ほどに一人の女性が立っていた。

「そう。眼帯の彼、貴方の事よ」

そう言って彼女は一段ずつ階段を下りてくる。

肩で切り揃えられたふんわりとした赤い髪と同じ色の瞳。随所にレースがあしらわれた仕立ての良い白いブラウス。足のラインが出るぴったりとしたタイトなロングスカートには太ももの辺りまでスリットが入り、出るところが出て尚且《なおか》つ均整《きんせい》の取れた魅惑的なプロポーションにさらなる色気を加味している。

そして何より存在を主張しているのは、サイドに羽根《はね》のような装飾がついた赤い縁の眼鏡《めがね》。

「呼び止めてごめんなさい。今日はギルドにどういった御用かしら」

「ああ、ギルドの方でしたか。実は………」

どうやらギルドの職員の女性みたいだ。

俺はシイバ村出発時にハンスから渡された幾つかの手紙を取り出して、彼女に渡し用件を話した。

「なるほど、あなた方がゼフの言っていた新人冒険者。わかりました、こちらにどうぞ」

そう言って彼女は階段を上り始めた。上にも受付があるんだろう。俺達は彼女に続いて二階へと上がる。

二階の奥にはさらに三階へ上がる階段があり、それを上った三階のさらに奥の突き当たりに彼女の目的の部屋があった。

「……支店長室？」

扉に付けられた金属製のプレートには確かにそう書かれている。それを見てワクワクしだしたシズカとは対照的に、俺は一気に不安になった。

室内には執務机と来客用のソファとテーブルのスペース以外、所狭しと幾つもの本棚が置かれ、そこに入りきらない本が各所で山積みになっている。これはかなりの読者家か何かの研究者……確かに眼鏡だし、知的な美人支店長といった感じの人なのか。


「まあ、おかけなさい。皆さん、シイバ村では大活躍だったみたいね」

「まあ、成り行きですが……それよりも」

「ん、なあに？」

「ち、近くないですか？」

俺達をソファに座らせると、ちょうど俺の対面に座った彼女は不自然に身を乗り出していて、息のかかるほど顔が近くに迫っている。彼女から漂う甘い香りとブラウスの胸元から覗く白い谷間。

正直、落ち着かない。

「そう？　まあいいわ。それよりも……ひょっとして貴方は、精霊使いじゃないの？」

俺の指摘を受け、少しだけ距離を置いてくれた彼女はいきなりそんな質問をする。

世間にはごく稀に精霊を使役してその能力を使う者がいるらしいと、前に師匠に聞いた事があったな。

確かに俺にはミスティがいるが、俺は一応剣士のつもりなので……。

「いえ、俺は精霊使いではありません」

「いや、しかし……そんなはずはないわ」

そんなはずはないってどういう事だ。ミスティは今実体化してないから見えているわけがない。

でも、確かに……最初に話しかけて来た時から、彼女は物凄く俺を見ているんだよなぁ。

今も隣にいる二人には目もくれず、ひたすら俺だけをじっと見ている。

なんなんだこの気まずい雰囲気は……。

シズカもアイリも何も言わずに成り行きを見守っているだけだし、目の前の彼女は何も言わずに俺を見つめ続けているだけ……。

「そ、そう言えばすごい書物の数ですね。何かの研究でも？」

場の雰囲気を変えようと、とりあえず目に付いた本の山に話題を振ってみたのだが……。


「興味があるのかい！」

「うわっ！」


……結果的には、これがとんでもない地雷だったのだ。

俺の言葉を聞いた彼女の目がキランと輝き、あまりにも勢いよく身を乗り出して来たので一瞬唇が触れそうになってしまった。

我が意を得たり！　彼女の目がそう言っている。

実はこの部屋にある蔵書は、全て妖精や精霊について書かれた文献だった。彼女は、向こうの世界風に言えば精霊マニア。

そもそも彼女が冒険者になったのも妖精や精霊に会いたい一心からであり、しかしこれまでまともに精霊と接触する機会には恵まれず、それなのに『精霊姫』という二つ名を付けられてしまったり、精霊愛好家の団体の副会長に任命されたりと周囲から精霊に関する第一人者として一目置かれる存在になってしまったのだという。

その為にあらゆる文献を収集して読み漁り、同じマニアである会員達との専門的な会話に備える必要性があったらしい。

だが、彼女自身も熱狂的な精霊マニアなので、それらは苦と言うよりむしろ喜ぶべき事なのだ。

そんな彼女の過去話から始まり、続いて様々な文献の内容の講釈が、止める余地も無く延々と続く。

俺達が彼女から解放されてギルドの外に出た時には、辺りはもうすっかり暗くなっていた……。

◆

同日の深夜、この国の王都から少し離れた街道を一台の黒い馬車が走っていた。車内には二人の人物が向かい合って座っている。

「いいか、今度の対象はソビュート伯」

コク。

「森にいる敵対者は、全員殺せ！」

……コクコク。

すると、頷くだけだった小柄な人物がふいに指示をする人物の袖を引いた。

「ん、なんだ？」

「……ごはん」

「そんなもん、仕事済んでからに決まってんだろ！　メシが食いたきゃ、さっさと終わらせてくるんだな！」

………コク。

それ以降二人の間に会話はない。

そんな二人を乗せた馬車は、闇に包まれだした街道をひたすらにどこかを目指して走って行った。

◆

次の日の朝。朝食を済ませた俺達はギルドへは向かわず、先に別の用を済ませる事にした。昨日は散々支店長の話に付き合わされ、結局何一つ手続きも進まないまま帰宅したのだが、今日もその二の舞になったのでは用件が何も片付かないからだ。

今日の目的はマジックバッグの購入。

ここはやはりプロに聞くの一番だろう。俺達は、商人のゼフを訪ねる事に決めた。

ゼフの営む商店は市の西通りにあるらしい。シイバ村とは比べものにならない立派な店が立ち並ぶ大通りに来ると、その中に一際大きなゼフの店があった。

「おはようございます」

「おお！　これはシンリさん。おはようございます。先日はお世話になりました」

ゼフは、ちょうど店先に立っていて店員と思しき女性と話しているところだった。挨拶を交わし早速用件を伝える。

「マジックバッグですか……あれは最近作る職人がめっきり減りまして。うちに今あるのはポーチ型の小サイズが一つだけなんです」

「小型か……せめて大型か特大じゃないとな」

マジックバッグは、その外見はあまり意味を持たない。容量は使う素材と込められた魔法によって変わるのだ。

例えば小型なら荷車一台分といった感じなのだが、俺達が求めているのは家一軒分以上の容量を持つ大型か、それ以上の特大である。それ位でなければ魔眼への収納を誤魔化せないからだ。

しかし困った。これでは大きな採取や捕獲系の依頼は受けられない。

「この町にも職人がいる事はいるのですが……」

エルフの魔法知識とドワーフの熟練の技術が必要とされるマジックバッグ製作。

元々仲の悪い種族である彼らが共同で作業にあたる事自体が稀なのだが、そんな希少な職人がどうやらこの町にもいるらしい。

まあ、ゼフの様子から察するに、かなり気難しい者達のようだが……。

「とりあえずそこを訪ねてみます。教えてもらえますか？」

「はあ……」

気乗りしない様子だったが、ゼフはその工房の場所を教えてくれた。

◆

その場所は市の西の果て。市内を囲う城壁際にまるで城壁の一部が膨らんだようにして、その工房はあった。

ホイップクリームを絞り出したような独特の形で素材は城壁とほぼ同じ石造り。シズカがスライムみたいだと言うのも頷ける形だ。

だが、大きさは小さな山小屋程度。木で出来た樽型の扉が付いている以外は窓一つありはしない。


「これは絶対驚きますわね！」

「うわー広いですね！」


扉を開けて中に入ると、外観と中の広さとのギャップに驚かされシズカ達が感嘆の声を上げた。

見た感じ、外観の三倍以上あると思われる広い室内には外からは見えなかったはずの窓も幾つかあり、そこから外の光が射して室内を明るく照らしている。

部屋の中心には受付と思しき小さなカウンターがあり、その後ろにもドアがあるので恐らくはまだ奥にも部屋があるのだろう。

「すいませーん」

一向に人が出てくる様子がないので、扉に向けて声をかけてみるが、やはり返事も何もない。

それを数度繰り返していると、やっとドアが開き、中から店の者が姿を現した。

一人は紺色《こんいろ》のローブを纏った長身だが恐ろしく線の細いエルフの男性。

もう一人は随分と背が低いが頭や手足が大きくてヒゲもじゃのいかにもなドワーフの男性。

「あの、マジックバッグを作って欲しいのですが……」

「客だ！」

「当たり前だろ！　客以外誰がこんなところに来るって言うんだ」

「んー誰が来るかなぁ」

俺が言葉を言い終わらぬうちに、のんびりしたドワーフとツッコむエルフによる、なんとも噛み合わないおかしな口論が始まった。

「誰がって客が来たって言ってんだよ！」

「オレは客じゃないよ」

「誰がお前なんかを客扱いするんだよ！」

「オレかなぁ？」

「しなくていいよ！」

「なんで？」

「お前みたいな客がいるわけないだろ！」

「いるよ」

「どこに？」

「ほら、目の前に」

「それは客じゃなくってお前だろうが！　だぁーっ、もういい！　お前には付き合いきれん！」

そう言ってくるりと背を向けドア向こうへと帰っていく細いエルフ。

「戻っていいの？　じゃあオレも……」

続いてヒゲのドワーフも中に入り、そのドアが閉まると……。


「あれ……」

「あらあら……」

「お外ですね……」


俺達は店の外にいた……。

ドアが閉まった瞬間、俺達の周りの景色が一変し、いつの間にか三人とも工房の外に立っていたのだ。

しかも、目の前に相変わらず工房はあるのに先ほど入った樽型《たるがた》の扉がどこを探しても見つからない。

「これもあの空間も魔法の類なんだろうが。しかし困ったな……」

「ええ、全く話さえも聞いてもらえませんでしたわね」

ゼフが難色を示したのはこれが理由か……。

確かにここまで話を聞かない連中だと、完全にお手上げだな。

だが、これ以上、工房の前で佇んでいても仕方がない。

俺達は昨日の手続きだけでも終わらせるべくギルドに向かう事にした。

◆

早朝のラッシュ時が過ぎたギルドは、あの喧騒《けんそう》が嘘のように閑散《かんさん》としたものだった。

受付に向かい、朝の分の書類の整理に追われていたのであろう職員の一人に事情を説明する。

するとすでに指示が出されていたのか、すぐに支店長室に向かうよう案内された。

いや、ここで普通に手続きだけしてくれればいいんだが……。

また長い話に付き合わされるのではと考えると気が重い。俺達は仕方なく重い足取りで支店長室への階段を上った。

「おお、待っていたぞ同志よ！」

「はあ？」

同志って何だ、同志って。別にそこまで精霊の話に食いついた覚えはないぞ。

それに昨日までの上品な話し方はどうした？　口調が全く違うじゃないか。

彼女は見た目がとても綺麗な人だけに、なんだか残念さが半端ないのだが……。

俺達が勧められるままソファに座ると、今日の彼女は執務机の椅子《いす》に腰掛け、机越しにやはり俺だけをジッと見つめている。

「昨日はちゃんとした挨拶もせずにすまない。私が冒険者ギルドセイナン市支店、支店長のエレナだ。以後よろしく頼むぞ同志よ！」

「……俺はシンリ。こっちはシズカとアイリです」

挨拶が済むと、彼女はおもむろに机に両肘をつき手に顎を置いて真剣な顔で俺を見た。かけている眼鏡がキラリと光る……。

「さて……。そろそろ隠し事はナシにしようじゃないか同志シンリよ」

「隠し事？」

「ああ、君は精霊の関係者。もしくは精霊契約を結んだ人間だ。そうだろう？」

「昨日から何で……」

「誤魔化しても無駄だ。正直に言いたまえ！」

どうやって見分けているのか不明だが、どうやら彼女には確証があるようだ。まあ、変わっているが信用は出来そうだし、ここで関係をこじらせるのも今後のためにはなるまい。

「仕方ないですね。ここだけの話にして欲しいのですが……確かに俺は精霊と契約を交わしています」

「ほ、ほ、ほ……」

俺の言葉を聞いた彼女は顔を伏せカタカタと小刻みに震え出し……。

「本物キタアァァーーーッ！」

部屋の外まで響くような声で、いきなりそう叫んだ。

「な、何事ですっ？」

その声を聞きつけたのか、勢いよく扉が開き別の女性が入ってくる。

女性はエレナに近づくとまるで放心してしまったかのような彼女の肩を激しく揺さぶった。

「ねえ、どうしたんですか？　ちょっと、ねえったらエレナ！　しっかりしてよ！」

「……あ、ああミリアか。いや、なんでもない。ただちょっと『神』が降臨されただけだ」

「はあ？　かみって……貴女、本当に大丈夫なの」

「おお、そうだ！　かみと言えばコレをすっかり忘れていた。コレの処理と同志シンリ殿達のギルドカード作成を頼む！」

そう言ってエレナがミリアと呼ばれた秘書風の女性に手渡したのは、昨日俺が彼女に渡したハンスに渡された書類だ。

おいおい、まだ、お前が持ったままだったのか……。

ミリアは俺達から仮冒険者証を預かり、登録する名前に変更が無いことを確認するとそれらを持って退室していった。

「そういえば同志シンリ殿。今日は随分と遅かったが何かあったのか？」

「ああ、実は………」

まあ、朝から来ますと約束を交わした覚えは全く無いのだが別に隠す事でもないので、マジックバッグの工房での件を簡単に説明した。

「なるほど……話から察するに、それはフェアリー鞄工房。うむ、それなら何とかなるかもしれんぞ」

「えっ？」

驚く俺を相変わらずじっと見つめながら、そう言うとエレナは妖艶に微笑んだ。

「ああ、マジックバッグの件は、この私が何とかしよう」

「本当ですか。それは助かります」

「ただしだ……」

言いかけてエレナは、突然執務机の上に乗り、その上に土下座をして俺に向かい深く頭を下げた。

「シンリ殿お願いだ！　一目、一目この私に貴方の精霊を見せてはもらえないだろうか！」

「はあ？」

確かに昨日聞いた話だと、かつて数人の精霊契約者に会ったが、全て契約者以外には姿が見えない程度の下級の精霊使いだったようだ。その為、彼女自身はここまで精霊を追い求めているのに、一度も本物を見た事がないらしいが。

しかし、どうして俺ならそれを見せてあげられると思うんだろう。冒険者としても駆け出しの新人なのに……。

（それは、あの眼鏡のせいね）

（ミスティ、あれは精霊が見える眼鏡なのか？）

（いいえ。眼鏡自体は妖精眼鏡と言って、大昔のある魔導士が作った物ね。あれは漂う妖精達がそ

の属性に応じた色の光る玉のように見えるだけの能力しかないわ）

（じゃあなぜ彼女はミスティの存在を？）

（髪の毛で隠れているけど僅かに耳が尖っているわ。彼女ハーフエルフなのよ）

（エルフなら精霊が見えるのか？）

（いいえ、妖精や下位の精霊ならともかく、それ以上は特に才に恵まれた者。もしくはハイエルフ辺りじゃないと無理よ）

（では、彼女にはその才が？）

（正確には彼女の先祖かしら。きっととても強力なハイエルフがいたんだわ。その才を彼女は隔世的に受け継いだ……）

（だったらなぜ今まで彼女には精霊が見えなかったんだ。下位なら見えるんだろう？）

（そこは半分流れる人間の血が邪魔をしているのよ。それに今の彼女に私の姿がはっきり見えているわけではないの……）

確かに、姿を消している時のミスティは俺ですらその姿は見えない。その間ミスティの身体はアストラル界とかいう別次元にあるからだというが……。

なんでも、俺を守っているミスティの加護がエレナにはとても美しい青色系統の光が俺の全身を包み込んでいるように見えているのだそうだ。

妖精眼鏡に触発されてエレナの中に眠る才が目覚め、ぼんやりではあるがミスティほどの高位の精霊の光まで見えてしまっているらしい。おそらく妖精程度ならもう眼鏡なしでも光を捉えることができるだろう。

「シンリ殿を包む輝きはこれまで見たどんな光とも比べ物にならない強力なもの。初めてそれを見た時に私は確信した！　私の……人生をかけてきたこの夢を叶えてくれるのはシンリ殿を置いて他にいないと！　バッグの件などとは言わない。もしそれが叶うなら喜んで君の性奴隷にでもなんでもなろうじゃないか！　頼むっ！　こんな機会はもう来ない。どうか！　どうか……」

彼女はそう言って必死で頭を机に何度も擦り付けた。

……というよりシズカ達の視線が痛いから勝手に性奴隷とか口走らないでくれ。

（ミスティ、どうする？）

（なによ！　シンリがこの性奴隷が欲しいんなら命令すればいいじゃない）

（それは違うだろ。俺はミスティに……家族に無理やり命令したりしないよ）

（もう、冗談よ！　そんな風に言われたらこっちが恥ずかしいじゃない。でも確かにこのままじゃ話が進みそうもないわね）

ミスティがそう言うとソファに座る俺の背後、その頭上に上下逆さまの丸い水面が現れる。

水面がゆらりと波打つとその中心から大きな雫がとぷりと落ち、それはそのまま水面のワンピースを着た少女の姿になって恥ずかしそうに俺の背に寄り添った。

「お、おお……おおう……うおおおおぉぉぉぅ！」

顕現《けんげん》したミスティの姿を見たエレナは机の上で上体を起こした姿勢のまま、嗚咽とも叫びとも思える声を上げながら盛大に泣き始めてしまった。流れる涙は頬を流れて顎から落ち、白いブラウスの胸元を濡《ぬ》らしていく。

◆

人間との間に自分を身籠った母は、エルフの里の外れで肩身の狭い思いをしながらも彼女を懸命に育ててくれた。

ハーフエルフである彼女と遊んでくれるものなどおらず、いつも一人だった幼いエレナは、里の選ばれし者のみその姿が見えるという、精霊という特別な存在に心魅かれていく事になる。

だが、里にある精霊の住処とされる場所は神聖であるために、汚れた存在とされる自分では近づくことさえ叶わない。

自ずと彼女の目は外の世界に存在するであろう精霊達に向くようになり、遂にエレナは里を旅立った。

幾多の冒険を経て様々な人に会い、精霊が住むとされる遺跡や神殿を幾つも巡ったが、結局その時は訪れる事なく、虚しい時間だけが過ぎていった……。

そんな彼女の願った瞬間が今、遂に訪れた。憧れ、ひたすらに求め続けたその姿が目の前にある。

旅立つ時に母は、いくら求めても人間の血が入ったエレナでは見る事など叶わないのだと言って頭を下げた。

人を愛し、自分を産んだ事に何の後悔もないと言っていた母の、あの悲しそうな顔はエレナの目に焼き付いて離れない。

母の為にも絶対にこの目で精霊を見るんだと、心にそう決めていた。

そんなあらゆる想いの全てが、エレナの目から涙とともに溢れ出し、言葉にならない嗚咽が続く……。


『エレナと言ったわね。私はミスティ』


「あ、あうぅ。ま、まさかこれは精霊様の声なのか……」

ミスティが話しかけると、彼女は顔を上げ信じられないといった表情を見せる。

姿を見る事が叶っただけでもエレナにとっては奇跡だったのだ。それが会話まで出来るなどとは想像もしていなかったのだろう。

『我々は、契約者以外の者に『見られる』のを極端に嫌うわ』

「……っ！」

『貴女は、まだまだ未熟だけど能力に目覚めてしまった。調子に乗って今回のように興味本位で見ようとすれば……いつかきっと死ぬ事になるわよ』

「……そ、そんな」

ミスティとて感涙に咽《むせ》ぶエレナを虐めたくて言っているわけではない。

これまで様々な精霊の住処を、探索の名の下に荒らして回って無事に済んでいたのは、彼女が全くそれらを見る事が出来なかったからだ。

しかし今の彼女は妖精眼鏡と能力の組み合わせで、ぼんやりとだがミスティほどの高位の存在まで感じ取ってしまう。

流石にこれでは各地の精霊も見過ごしてはくれまい。今後命に関わる事態にならないとも限らないのだ。

真剣な眼差しをしたミスティの助言。その意味を理解したエレナはかけていた眼鏡を外し……。

「ミスティ様のその御姿を見られた事で、私の望みは全て叶いました……」

そう言って眼鏡を宙に放ると、早口で呪文を詠唱して炎系統の魔法でそれを燃やしてしまった。

「今の私には、過ぎた力はもう必要ありませんから」

一つの目的が果たされた事でとても満たされた気持ちなのだろう。彼女は今、とても晴れやかで美しい。

「しかし水の上級精霊様とは……ミスティ様はいわゆるウンディーネなのですね！」

『ムカッ！　本当失礼しちゃう！　私をあんな低級と一緒にしないで！』

昨日エレナに聞かされた知識だと確かに水の上級精霊の代表格はウンディーネらしい。

しかし、ミスティの格は、なんというか精霊という枠にすら収まらないほどの存在らしいのだ。

普段それらを見下しているミスティからすれば、自分より下級の精霊と間違われるなど論外である。

それにすっかり機嫌を損ねた彼女は、ぷうっと顔を膨らませて怒った表情を見せた後、ふわっと霧のように霧散して姿を消してしまった。

「ああ、ミスティ様ぁ！　あぁぁ……」

ミスティが消えた辺りを手を伸ばした姿勢のままで見続けるエレナ。

……どうでもいいが、目のやり場に困るからそろそろ机から降りろ。

「お待たせしました」

そこへ先ほどの秘書の女性ミリアが書類や幾つかの袋が置かれたカートを押しながら入ってきた。

そそくさと机から降りるエレナの顔にいつもの眼鏡は無く、机の片隅《かたすみ》には焼けた眼鏡の残骸と思しき物が落ちている。

「あらエレナ、思い切った事をしたのね。でもあれずいぶん高かったって言ってなかったかしら？」

「……あ。あああああっ！　金貨二百枚があぁぁぁぁっ！」

突然取り乱して、眼鏡の残骸を手にふるふると震えるエレナ。

ミスティも昔の魔導士が作った物みたいなことを言っていたが、約二百万円か……。

そんなものに大した需要もないだろうに、ずいぶんふっかけられたんだな。

晴れやかな顔つきから一転、半泣き状態になったエレナの焦る様が楽しくて、彼女以外全員が腹を抱えて笑った。

第四章　血影《ちかげ》

「色々あって、お待たせしてしまったみたいですみません」

秘書のミリアがそう言いながら俺達全員にお茶を配っていく。

このお茶は先日エレナの精霊談義に付き合わされた時にも飲んだのだが、絶妙な渋みと香りが心地よく、少量加えられたハチミツがとても合っていて本当に美味しい。これには、茶葉だけでなく淹れ方などにもミリア独自のこだわりがあるらしいが、こんな美味しいお茶を飲むための話なら是非ともじっくり聞いてみたいものだ。

俺達が、早速出されたお茶に口をつけていると、次に金属製の名刺サイズのプレートが配られた。

「まずは名前に間違いがないかご確認下さい。呪文は…………」

「えっと、我求めるは旅の記憶っと……おおっ！」

習った通りに詠唱すると、カードの表面が光り次いで文字が浮かび上がった。

そこには俺達それぞれの名前と冒険者ランクが『D』と書かれている。

「あれ、Dって？」

「それについては後ほどエレナの方から説明があります。まずはカードについての説明をしますね…………」

そう言ってミリアはギルドカードの機能や注意事項などを説明してくれた。

まず身分証としての機能は、まあ仮冒険者証で経験した通り。またカードの内容は必ず本人の詠唱でなければ浮かび上がらない。

ただ各地のギルドには依頼達成確認用に読み取りの魔道具が置いてあるらしい。

あとは、倒した対象のみならず戦闘行為に及んだ相手との情報もある程度残る事があるので軽率な事はしないようにとか。

特殊な金属で出来ていてかなり頑丈に出来ており、本人が魔物との戦闘で死亡している場合でもカードが無事に残る事が多い為、見つけた時には近くのギルドまで持ちかえって欲しい、などなど。

「これで皆さんも正式な冒険者です。その責任と義務をしっかりと自覚し、節度ある行動を心がけながら日々精進なさってくださいね」

まるでミリアは学校の先生みたいだ。だが確かに迂闊な行動は自らの首を絞めることに繋がる。

これからは色々気をつけないといけないな。


「さて、ここからは私の話だ。まずランクが上がっていたのは気づいてるね？」

「はい」

「まずはゼフの護衛任務だ。これは推奨Dランク相当の任務。一日あたり銀貨五枚だから三日で十五枚のところ、ゼフから他の冒険者と同額の報酬を渡して欲しいと頼まれていてな。全日程八日分なので金貨にして四枚の報酬が出る」

亡くなった師匠から、実はかなりの額の王国金貨や各地の通貨を譲り受けている。だが、それらはあくまで師匠が稼いだもの。俺はできるだけそれらには手をつけるつもりは無いので、正直ゼフのこの気遣いはありがたい。

「次にシイバ村でゼフ一行が盗賊に襲われた際の救援任務。これはハンス独自による判断で、しかも書類も何もない。事実関係の確認が出来ない案件だがハンス個人から各自に金貨一枚が出されている」

あいつが自腹を切ったのか……。報酬が出たのはいいが、何となくハンスが気の毒だ。

「さて本題はここからだ。村を襲ったのはあの『奥様の気まぐれ団』。それも四災悪の一人、赤の災悪カライーカのオマケ付きだ。正直よく君らが無事で済んだものだと思ったが、シンリ殿にはミスティ様がついておられるのだからな！」

何気にひどい言われようだ。まるでミスティの力でなんとか勝ったみたいじゃないか……。

「報酬はカライーカ討伐が金貨五十枚。それ以外に討伐したのが六十三人。こっちはそれぞれの身元が判別出来ない者も多い為、残念だが全員雑兵扱いだ。全部で金貨十八枚と銀貨九枚になる」

ギルドカードを所持していれば、賞金首になっているような者は登録されているのでその記載も残る為、より正確な報酬が算出出来るらしい。今回は仮冒険者証だったので仕方ない。

「警護と救援は三人分になる。つまりは今回の報酬は金貨八十三枚と銀貨九枚。まあ新人の初報酬にしては破格の金額だよ」

そうエレナが言うと、ミリアが少し重そうに報酬が入った幾つかの袋を俺達の前に置いた。

「赤の災悪カライーカの討伐。私はこれを高く評価し君達をCランクまで引き上げるよう提案したんだがね……」

「ですが今回は一切の記載が存在しません。ハンスさんの証言で討伐された事自体は真実だとしましょう。しかし、果たしてそれがシンリさん達単独であったのか、ハンスさんや多くの村民の協力があってのものなのか、それらが明確でない以上、本来ならば報酬自体も全額出すわけにはいかないのです。確かに書類にはシンリさん単独にてこれを討伐と書かれていますが、駆け出しの新人の単独討伐など信憑性を疑われても仕方がないと思います」

ミリアはやや言葉を選びながらそう説明してくれた。確かに、何の証拠もない。

下手をすれば討伐自体の信憑性が疑われて然るべきなのに、そこに報酬や昇格まで普通に行ってしまうのはリスクが高過ぎる。

公正をモットーとするべきギルドにとって今回の処置自体が異例中の異例なんだろう。

「まったく、ミリアは真面目で固すぎていかん。『氷壁《ひょうへき》』のミリアは健在だな」

「エーレーナーー！」

「おっと、口が滑った。すまんすまん」

以前の精霊談義の際にも聞かされたのだが、彼女達はかつてパーティを組んで冒険者として活動していたらしい。

A級になって正式に『精霊姫』の二つ名がついたエレナと違い、B級止まりだったミリアを彼女はずっと『氷壁』のミリアと呼称するのだが……。

「前から思っていたのですが、その『氷壁』というのは？」

「ああ、これは冷たい性格と彼女の絶壁の胸……ごはぁっ！」

説明の途中で、エレナは強力な蹴りに吹き飛ばされ、そのまま壁にめり込んだ。

「で、シンリさん……何か？」

俺達三人が驚いて蹴ったミリアを見つめていると、それを胸を見ていると誤解したのだろう。彼女から冷ややかな視線と濃密な殺気が向けられ……。

「イエ、ナンデモナイデスヨ……」

うん、これ以上この話題に触れるのは危険だ。話を戻さなければ……。

「……ゴホン。ミリアさんの判断は当然だと思います。そのお心遣いに感謝します」

「シンリさん……そう言っていただけると」

俺の言葉にほんのりと頬を染めたミリアは、お茶のおかわりを淹れてくると言ってカートを押しながら退室していった。

ちなみに、例の偽吸血鬼に扮した盗賊たちは、俺達が捕まえた経緯を捻じ曲げたために正体が掴めず、王都に問い合わせているので確認までにはまだまだ時間がかかるらしい。

また、人間電池になっていた奴隷達だが、売買自体は普通に行われていた。つまり言い方は悪いが『商品』であったために、そのまま解放とはいかず、格安で奴隷商に引き取られていったそうだ。

「さてと……続いて私がシンリ殿の性奴隷になった件だが」

ミリアが退室すると壁から抜け出て復活したエレナが、また残念な発言を始める。

「いや、確かマジックバッグの話ですよね？」

だから、余計なキーワードを出すんじゃない。睨むなシズカ、決して俺がそう望んだわけではない。お前だってずっと俺達のやり取りを見ていたじゃないか……。

「私はシンリ殿が望むなら喜んでこの身を差し出すぞ！　私はこれでも女性としてはそれなりの魅力があると自負するのだがな。胸だってそれなりに……」

「もうその件はいいですから！」

俺に向かって熱い眼差しを送り、尚且つ前かがみになって胸元を強調してくるエレナ。

他の二人の視線が痛いので、この話題はそろそろ止めさせなければ……そうだ！

「知ってますかエレナさん。水精霊は嫉妬《しっと》深いんですよ？」

「うっ、た、確かに。古い文献では契約者を愛するあまり、その心変わりを恐れた精霊が契約者を殺してしまうなんて話もあった……」

……さすがに精霊方向に話を持っていくと効果はてきめんだな。

（っていうか、あの例え話はウンディーネの逸話《いつわ》じゃない！　一緒にするなって言ってるのに）

（まあ、ここは我慢してくれよミスティ）

「おお、そうかそうか。うんうん。エレナさん、ミスティも早くマジックバッグの件を進めるようにと俺に言っていますよ」

（もうっ、私がいつそんなこと言ったのよ！）

「なんと！　ミスティ様のお言いつけとあらば是非もない。早速工房に手紙を書くので少し待っていてくれるかな」

やはりミスティの名前の効果は絶大だ。エレナはペンを取り何やら手紙を書き始めた。

そこに丁度よくミリアがお茶のおかわりを持って現れ、俺達はそれを飲みながらしばらく待つことになる。

「よし、これを持っていくといい。決して悪いようにはならんはずだ」

「ありがとうご……えっ？」

そう言ってエレナは手紙を俺に手渡し、受け取ろうとする俺の手を両手でしっかりと握りしめた。

「シンリ殿、貴方がしてくれた事は私にとって何物にも代え難い奇跡だ。ギルドでは立場もあるが、この私の身も心も全てはシンリ殿のもの。必要な時にはいつでもこの身を使ってくれて構わない。いや、むしろ使われたい！」

「遠慮しますから！」

「……ええええ！」

いやいや、そこでなんでそんなに残念そうな顔をするんだ、この人は……。

「ああ、くれぐれもミスティの件は内密にお願いします。俺は地道にやっていきたいんです。なるべく目立つことは避けたいんですよ」

「もちろんだとも！　しかしなあ……その面子だし、嫌でも目立つと思うんだがな」

エレナは、俺以外の二人をちらりと見ながらそう言った。

俺は、その言葉が何かのフラグにならないことを祈りつつ、支店長室を後にした。

◆

階下に降りると、さっきまでまばらに残っていた冒険者たちもすっかりいなくなっていた。せっかくなので掲示板を見て、どんな依頼があるのかをチェックしていこう。

「お兄様、ほらここ！　薬草採りがありますわ！　くう……本来であればこの依頼の途中で強い魔物に遭遇、それを倒した件でギルマスに呼ばれて異例の昇級を……となるのが王道でしょうに。まだろくにクエストもしていないのに……」

うん、気持ちはわかる。だがシズカ、ここまでもかなりテンプレ通りの展開をしてきたと思うぞ。

「シンリ様『冥府の森』って書いてありますよ、それもたくさん！……全部、周辺の村からの長期の警備依頼ですね」

わいわいと楽しそうに依頼書を見ている二人をよそに、俺は一枚の討伐依頼書の前で目を留める。

「これは……チカゲでいいのかな？」

「それに興味がありますか？」

掃除をしながら近づいていた受付嬢の一人が、俺の呟きを聞いて話しかけてきた。

「ええまあ。変わった名前だし、報酬額がずいぶん高いので」

「それって二年程前に、突然現れた謎の暗殺者なんです………」

彼女曰く……その姿を今まで誰も見た事がなく、依頼達成率百パーセントの謎の暗殺者。

その手に落ちた被害者が、全て何らかの『影』の傍で血塗れになって横たわっている事から、いつしか『血影』と呼ばれるようになる。目撃者が全くいない為、その手口は一切不明。何故だか屋敷の使用人や奴隷など対象外の者は全くの無傷で生き残っている。しかし暗殺時、目の前に居合わせた使用人達でさえも、その姿を見れなかったという。

暗殺対象には一切の関連性がなく怨恨の線もなし。とにかく金さえ貰えば誰でも簡単に暗殺するようだ。

「……こちらはランク問わずの討伐依頼ですが、いくら報酬が高くても出来れば関わらない事をお勧めしますよ」

「そうですね。姿の見えない暗殺者なんて出来れば会いたくないですし……」

掲示板前でそんな会話をし、ひと通り依頼書に目を通したが、依頼を受けるにはやはりマジックバッグが必要だろう。

早速、例の工房へ向かおうとギルドの外に出たのだが……。

「おい、待ちなぁ！」

ベタだ。これはベタすぎる。俺達はまさか、どテンプレな小説の主人公なんじゃないだろうな……。

ギルドで初任務の報酬受け取りとランクアップした矢先、外に出た途端に絡まれるって、こんなのあまりにもベタすぎるだろ。

やはりエレナの発言はフラグだったか……。

「ほう、新人にしちゃ羽振りがいいじゃないか」

そう言ってリーダー格の頭の悪そうな男が、アイリに持たせている報酬の金貨が入った袋を見る。

「まあ今回は指導料ってことにしてやるよ。その金と女二人置いていけば命だけは助けてやる。この優しい『疾風《しっぷう》』のアラン様に感謝するんだなあ！」

「ひゃっほう、どっちもたまんねえ！　いい女だ！」

俺達はいつの間にか六人の男達に囲まれていて、ギルドに入る扉の前にも一人おりそいつが道を塞いでいるので中に戻る事も出来ない。

しかし二つ名持ちか。二つ名とは冒険者のランクがA級になるとギルドから付けてもらえるらしい高ランクの証。まあ一種のステータスシンボルだな。

「逃げられる、なんて考えは捨てる事だ。オレ達『疾風旅団』って言やあ、ここじゃあちったあ知られた名なんだぜ」

「ひゃっはっは。これからもこの町で生きていきたいんだったら、ここは素直に言う事を聞いとくんだな」

そう言いながらアランとその仲間達がじりじりとその包囲を狭め始める。

俺は剣を抜く気はないが、シズカとアイリはすでに武器を構えて臨戦態勢だ……だが。

「天下の往来で何やってんだいアンタらは！」

突然響いた大声に周囲の者も含めた全員が、その声のした方を見る。そこには肩に小麦粉の入った大きな袋を担ぎ、空いた手に野菜などが入ったこれまた大きな袋をぶら下げた『麦の香亭』の女将アンナロッテの姿があった。

「……アンナさん」

「ありゃ、アンタ達泊まりのお客じゃないか。ふうん、なるほどねえ」

俺達に気づき辺りを見回したアンナは、どうやら今の状況を理解したようだ。

「ウチの大事な客に手え出そうなんざ、いい度胸してるじゃないか！」

「うるせえ！　なんだこのでっけえババアっ？　邪魔だから引っ込んでろ！」

「そうだそうだ、怪我したくなきゃさっさと見ないふりして行っちまいな！」

「ほう、この私にそこまで喧嘩ふっかけてくる奴なんざあ、随分と久し振りだねえ！」

荷物を降ろし、首と手の関節をバキバキと鳴らすアンナ。彼女の周りには盗賊団の連中など足元にも及ばないほどの濃密な殺気が満ちていく。

「アンナ……。アンナって言ったのか。あわわわ……。や、止めようリーダー。こいつだきゃ、いやこの人だきゃあいけねえよ！」

「何ビビってやがる！　こんなババアの一人や二人、デカいオークだと思えば何でもねえよ！」

何かに気づいたらしい仲間の一人がアランに歩み寄り、必死で手を引くよう進言する。

だが、頭に血が上ったアランがそれに応じる様子はない。

「止めよう！　なあリーダー、もうこれ以上は……」

「馬鹿言ってんじゃねえ！　オレ様を誰だと思っていやがる、『疾風旅団』リーダーにしてC級冒険者。いずれは『疾風』の二つ名が付く予定のアラン様だぞ！　こんなデカいだけのババアに負けるわけがねえだろうが！」

あまりにしつこい仲間の助言に、彼の胸ぐらを掴んで怒鳴りつけるアラン。

……ってかお前、二つ名は自称だったのか。ランクもC級なんて期待外れもいいとこだ。

「だからダメなんだ。無理なんだよ！　C級ごときがあの『雷神』に勝てるわけがねえんだよ！」

「な……なんだと。こ、このババアが、あの伝説の『雷神』だって言うのか？」

「間違いねえよ！　この人こそ元A級冒険者、破壊神『雷神』のアンナロッテだ！」

「……何いいいぃいぃいぃいっ！」

そこからの行動はまさにパーティの名に恥じぬものだ。


「失礼しましたぁぁあっ！」

そう言って彼らはまさに疾風のごとくその場を去っていった。

「よいっしょっと。余計な事しちまったかい？」

アンナが再び荷物を担ぎながら、やや悔しそうな顔のシズカを見て悪戯っぽく笑う。

「いえ。助かりました。せっかくの門出をあんな連中に汚されたくはないですから」

「へえ、門出って事は？」

「はい。俺達にも正式なギルドカードが出来ました」

「はっはっは。そりゃめでたいねえ。今夜は夕食食べるんだろ？」

「はい」

「じゃあ、とっておきを準備しとかなきゃねえ！　今夜はご馳走《ちそう》だよ。楽しみにしてな！」

そう言ってアンナは上機嫌で帰って行った。

「アンナって冒険者だったんですのね？」

「強そうですね。今のアイリじゃ勝てないかもです」

帰っていくアンナの大きな背中を見送りながらシズカ達がそう呟く。

そうだな、同じ元A級のエレナは魔法攻撃主体の戦い方みたいなので、純粋な戦士としての技量は、このギルドに通っている現役の連中と比べても彼女が町で一番かも知れない。

「たぶん旦那さんのピエトロもそうだよ。二人ともレベルとステータスが桁《けた》違いだからね。以前は相当の実力者だったんじゃないかな」

「あうう、アイリもまだまだ頑張ります！」

ブランクもあるだろうし、対戦すれば恐らく僅差でアイリが勝つだろう。だが実力の近しい者の存在は彼女にいい刺激を与えたようだ。

「今夜はご馳走が待ってるらしい。早いとこ用事を終わらせよう！」

そう言って俺達は足早に再びマジックバッグの工房を目指した。

◆

「先ほどは、すみませんでした！」

工房に着くと心配していた建物の扉は再び同じ場所に現れていて、普通に店内に入ることが出来た。

中に入って前回同様に呼び続け細いエルフとヒゲのドワーフが出てきたので、向こうのペースにならぬようさっさとエレナからの手紙を渡したのだが……。

「まさか御身が神であったとは……。自分達の未熟を恥じ入るばかりでございます」

「いや、神とか止めてください。シンリでいいですから」

「かしこまりました同志シンリ殿！　して……手紙にありますミ、ミスティ様は今も御身と？」

「はあ。まあいつも一緒におりますが」

「うおおおおおっ！」

その姿を見せたわけでもないのに、彼らは抱き合って歓喜の雄叫びを上げた。

実はこの二人、エレナが副会長を務める精霊愛好家団体の会員だったのだ。

あの手紙には、この俺が彼らの言うところの精霊契約者。つまり神であるという事。そしてミスティの件と、出来うる限りの要望に応えて欲しい旨が書かれていたらしい。

いや、エレナ。ミスティの件は内密にしろって言っただろうに……。

「失礼しました。私は魔道師のサリバン。こいつは皮職人のモルゴ。して、同志シンリ殿はどんなバッグの製作をご希望ですかな？」

「アイリに小さめのリュック型と、俺には肩掛けのバッグを。容量はリュックが特大。僕のは、こちらで作れる限界値でお願いしたいのですが？」

「ふむふむ限界値とは……さすがは同志シンリ殿！　その挑戦、確かに承《うけたまわ》りました。我が『フェアリー鞄工房』の持てる技術の粋を集めて必ずや最高の鞄を作ってみせましょう！」

二人の気合の入れ方が半端無いのがかなり気になったのだが、三日後には完成すると言うので、その日は工房を後にしてアンナのご馳走が待つ宿へと帰った。

◆

宿に着いた俺達を待っていたのは、約束通りアンナ達が用意してくれた特別料理だ。

献立はもちろんパンに新鮮なサラダ、それにこの地方でお祝いに食べるという小さな魔物（？）の丸焼き。アンナ特製のホワイトシチューなど……。それらは本当に美味しかった。確かに、美味しかったのだが……。

「これは絶対反則ですわ！」

「手、手が止まりません！」

さらに一品、俺達を夢中にさせている物。テーブルの中央に置かれた木の板の上に穴の空いた植木鉢のようなものを置き、その中には焼けた炭を入れる。上には金属製の浅い鍋がかけてあって、鍋の中では数種類のチーズがドロドロに溶けあっており、それをパンですくって食べる料理。

……これはそう！　ア○プス的な少女が食べていた、あのチーズフォンデュだ。

ただでさえ、ここのパンは絶品だというのに、いやはやこの組み合わせは絶対反則である。

シズカもアイリも美味しすぎて手が止まらないみたいだ。ノンストップでひたすら食べ続けている。

そんな調子で食べ続け、気が付けば閉店時間。

「あたしらも一緒にいいかい？」

そう言って片付けを済ませたアンナ達家族も席に着き、それから酒を飲む彼らと様々な話をした。

アンナはピエトロと他の四人の仲間と組んで、パーティ『暴風の使徒』を率いていた事。

よく暴れて物を壊すアンナは破壊神。そのお詫《わ》びに奔走《ほんそう》し、修繕をしまくる器用なピエトロは創造神。なんて呼ばれていた事。

『雷神』なんて女性らしからぬ二つ名が付いた事に腹を立て、アンナがギルドに怒鳴り込んだ事。

アンナに常に華を持たせていた為、同等の実力を持ちながらピエトロは、結局最後までB級冒険者止まりだった事。

それから、あるダンジョンでアンナが大怪我をした為、パーティを解散した事。

その看病をしてくれたピエトロと結ばれ二人の間に出来たのが、娘テスラである事。

パーティでも食事全般を作っていたピエトロがある店で習ったパンを販売してみたところ、徐々に人気が出たのでパンをメインにした食堂を作り、さらには宿屋まで営むことになったという事。

そんな話を軽くお酒を飲みながら、アンナがしみじみと語って聞かせてくれる。

「あたしゃこの人にだきゃ、生涯頭が上がらないのさ……」

そう言いながらピエトロを見つめるアンナの目は、恋する乙女そのもの。

さすがに色んな意味でお腹一杯になった俺達は、部屋に戻って眠りについた。

◆

同じ夜。ここはセイナン市内の外れに作られた罪人の収容施設。

ここには、シズカによって捕えられた偽吸血鬼ココアとその仲間達が拘留されていた。

施設内に入る門の前には、衛兵の姿があったが、彼らの目は虚ろで焦点が定まらず、とても正常な状態とは思えない。

「開けな！」

すると突然、収容所内部から罪人と思しき者が次々出てきて、その先頭に立つココアの命令で衛兵はすぐに丈夫な門の鍵を開け、それを開いていく。

「ぬるい警備もあったもんさね。この『紫の災悪』ココア・シーガレット様とその配下、『幻影魔法団』を閉じ込めるのに普通の牢《ろう》や鍵《かぎ》が何の役に立つっていうのさ」

実は、彼女もまた『奥様の気まぐれ団』所属の大幹部、『四災悪』の一人であった。

彼女達に課せられた任務は、新しく狙いをつけたシイバ村を拠点とする際の情報隠蔽と、拠点とした後もその霧や吸血鬼の噂を利用して、人を近づかせないようにすることであったのだ。

「おい、門番。こっちに来な！」

彼女が呼ぶと、再び門番はふらふらとした足取りで彼女の下まで来て、そこに跪いた。

ちなみに、今の彼女はカツラであった金髪はなく。魔法で赤く見せていた瞳の色も戻っていて、両方、本来の地味な茶系である。

身につけていた派手な装備もなく、収監用の粗末な衣装なので、吸血鬼を名乗っていた時の面影は全くない。

今、衛兵の男を操っているのもシズカのような『魅了』などではなく、例えるなら簡単な『催眠術』に近い魔法であった。

「で、結局あたい達を捕まえやがったのは、どこのどいつなんだい？」

跪いた男の肩に足を置き、睨みつけながら彼女は質問する。

実は、シズカが本物の吸血鬼だとバレると色々と問題があるために、魅了により彼女に関する記憶は全員その一切を消されていたのだ。

「ぼ、冒険者……シンリとその仲間だと……聞いていま……す」

「冒険者シンリね。……チッ、この借りはきっちり返させてもらうからねえ！」

そう言い残すと、脱走した彼女とその配下の姿は、闇夜の街へと姿を消していった……。

◆

王都とセイナン市を結ぶ街道を少し逸れた、とある森の奥深く。

そこには深い森には似つかわしくない、かなり豪華《ごうか》で大きな屋敷が建てられていた。

その三階にある一際豪奢《ごうしゃ》な部屋の中では、派手な衣装を着込み、いくつもの宝石や貴金属を身に着けた男が、怒り狂って大声を張り上げている。

「どいつもこいつもふざけやがってぇー！　全部俺の物だ！　そうだろうがグルジ！」

激高する男は傍らに立つ屈強な男に問いかけた。

「もちろんです。ソビュート様は王都の裏の王。王都の闇は全てソビュート様の物に御座います」

「じゃあ、何故だ！　何故その俺様がこんな所に閉じ籠ってなきゃイカンのだ！　ええ、おいっ？」

そう言ってソビュートは、苛立ち交じりにワインの入ったグラスをグルジに叩き付けた。

「万が一の無いように万全を期したままでの事。どうか今しばらくの辛抱をお願い致します」

グラスはグルジの胸に当たり、ワインが服を染めグラスの破片が飛散する。

「万が一だと？　その為にお前ら夜伽も商売も出来んクズ共を飼ってやってるんだ！　そんなもの、王都に残ってても護れるようにするのが当たり前だろうが！」

「お気持ちはごもっとも。ですが我らとて飼われている御恩は十分に感じております故、全てはその忠誠から来るものとご理解いただきたく……」

服が汚れた事など全く意に介さぬように、グルジは淡々《たんたん》と意見を述べる。その足元では二人のメイドが床を片付け、汚れた絨毯《じゅうたん》を拭き破片《はへん》を残らず拾ったが、ソビュートの不興を買わぬようグルジの服には触れずそのままだ。

「あああぁぁぁっ！……もうよい！　これ以上は聞きとうない！　下がれ！」

そのグルジの淡々とした態度にさらに気を悪くしたソビュートは、そう言って彼に背を向けた。

「しかしソビュート様……」

「五月蠅《うるさ》い！　今夜の奴隷を連れてこさせろ！　お前はここから出ていけ！　もう部屋に入って来るな！」

「……かしこまりました」

そう言ってグルジは退室した。扉が閉まると、すぐさま彼の下へ数人の男が歩み寄ってきた。

「グルジさん、外の奴らから森の雰囲気がおかしいって報告が！」

「さっきから、一階の魔物達も妙に落ち着かねえんだ！」

「まさか……本当に来たというのか、こんな場所まで。くそっ、各階の警備は予定通りだ！　いいか、森の奴等からの定時連絡が切れたら、即刻捕えている魔物達を解き放つんだ！」

それからも幾つかの指示を彼らに命じると、それぞれが慌ただしく持ち場に戻って行く。

「そこのお前、今夜の性奴隷を連れて来い！　それ以外の奴隷は肉の壁にする。この廊下に並ばせて、見知らぬ奴が来たら抱き着くよう『首輪』に命令しておけ！」

「わ、わかりました！」

「俺達はここで奴隷ごと奴を始末する！　悟られないように全員着替えておくんだ、いいな！」

「はい！」

指示を受けた残りの者達も移動し、その廊下にはリーダーのグルジのみが残された。

「チッ、噂だけの存在じゃなかったのかよ……血影は」

そんなグルジの呟きだけが、空しく廊下に響いて消えた……。


「おかしい……」

森の中で弓矢を手に警戒にあたっている一人の男。

本来、一流の狩人でもある彼は、夜間であってもその鋭敏な感覚で獲物の気配を見逃さない。そんな彼は先ほども誰よりも早く森の異常に気づいてそれを報告に行ったのだが、屋敷から戻ってみると森は不自然なほどに静まり返っていたのだ。

「さっきから、どうなってやがる？」

（……おかしい、この辺だけでも二十人以上はいるはずなんだ！　いくら夜の森の中と言ってもこれじゃあ……）

「……静かすぎる」

その一言が、彼の生涯最期の言葉となり、彼の意識は永遠に閉ざされた……。

屋敷前には、森に潜ませた者からの合図を待っている者がいた。彼はまさかすでに森の仲間が全滅しているとは夢にも思わず、ただひたすらに、その定期的な合図が来るのを待っている。仮にそれが途切れた場合、彼は屋敷内に戻り森には準備した魔物を大量に放つ手はずとなっていたのだ。

（後少しで次の合図か……ん？　なぜ森の方をを見てた俺が屋敷を見てる？　そんなこっ……）

突然視界が変わったことに驚いて、男が下を向こうとすると……その頭は首からずれて彼の背中に当たって転がり落ちた。

そんな彼の目が最期に見た屋敷の扉。その向こう、屋敷の一階部分には多くの巨大な檻が運び込まれていて、中には金で買い集めた強力な魔物が犇めき合っている。

その傍らには魔物の檻の解錠を任された男が立っており、彼はやや遅れている合図に苛立っていた。

「くそがっ、やっぱり合図がねえ！　魔物を放つしかねえのか？　ちくしょう、鍵……か……えっ？」

男が、仕方なく魔物の檻を開けようと鍵束を持って伸ばしたはずの腕。だがそこには手首から先が……無い。

そして叫び声を上げようとした喉に光る長い剣先が静かに背後から突き出し、彼もまた声さえ出せずに絶命した。

「何故だ？　下で魔物が放たれた気配が全く無い……」

屋敷の二階部分で階下の様子を伺っていた男は、様子を見るため背を壁に付けたままジリジリと階下に降りる階段を覗き込もうとする。

そんな彼のすぐ後ろ……それは音も無く、背にする壁から生える細身の長い剣先……。

それが男の首の高さを背後から滑るように近づくと……何の抵抗もなくスッと滑るように男の首を刎《は》ねた。

ゴッゴトッゴトンゴトトトン……！

斬られた男の首が階段を転げ落ちて行く音だけが、静まり返った屋敷内にただ響き渡る。


その頃、三階の廊下は奴隷達で溢れていた。それは全てソビュートの性奴隷。変態趣味の彼らしく、そこには女だけでなく数人の若い男奴隷も混じっていた。

だが、今夜の彼らの役割は、性処理ではなく人間の盾《たて》。グルジ達精鋭は衣服を着替え、そんな奴隷達の中に混じって様子をうかがっているのだ。

「何だ、さっきの音は？　下の階の奴らは何故誰も報告に上がって来ねえ……？」


グルジは元B級冒険者だ。とはいえ、あのまま冒険者として暮らしていれば今頃A級にも届いたであろう実力者である。

しかしある時、長い遠征から帰ると妻が重い病にかかっていた。

まだ小さかった子供は臥《ふ》せて家事が出来ない母を手助けしようと無理を続けたのだろう、隣室で倒れて死んでいた。子供は、恐らくグルジが帰った音を聞いて安心し、張っていた気が抜けたのでは無いだろうか？　まだ少し温かかった……。

それからグルジは冒険者を辞め、妻を懸命に看病した。有り金はすぐに使い果たしたが、借金を重ねながらでも、効くという薬や魔法はほとんど試した。

……だが、その甲斐《かい》はなく、結局半年後に妻は他界する。

その後、看病で作った借金のかたに戦闘用奴隷に売られるところをソビュートに拾われ、警護と汚れ仕事を任されることとなった。

扱いは最低だったが、家族を守りきれなかった無念からソビュートを死んでも護ると決めていた。

ソビュートは最低の下種《げす》だ。王族の縁者であり、その権威を笠にやりたい放題。拷問や性奴隷のあまりの扱いに何度も吐いた。

尊敬できる所は何も無く、ただ己の欲求にのみ生きる最低の豚野郎。

それでも、であっても……だ。

「なのに、何だこれは……？」

……きっかけは、敵勢力に潜《もぐ》り込ませた部下の死に際の一言。

『血影が来る』

それから、猫の子一匹通れない程の警備を敷くため、わざわざこの別荘に移動した。

手下を総動員し、考え得る打てる手はすべて打ったはず……。

彼自身、もう何が何だかわからず、必死で奴隷達を掻《か》き分けて吹き抜けから階下を見る。

そこで発動させた『照光《ライト》』の魔法に照らされたそれは、おびただしい数の死体。もはや動いている部下は一人もおらず誰一人呻き声も出してはいない。全て即死だ。準備していた檻の中の魔物さえ動くモノはもういない。

彼が立ちすくむ廊下では、奴隷達は皆無事だ。だが奴隷に扮した者、隠れていた部下は全員死んでいた。

周囲の奴隷達が気付く事も無く……だ。

何故？　そう考えながら……首に触れた金属の冷たい感触を最期に、グルジの視界も意識も一瞬で闇に落ちて消えてしまった……。


「だ、誰かおらんのか！　この役立たず共が！　グルジめ、貴様さては自分だけ逃げおったな？」

外の気配の静かさにすっかり狼狽したそんなソビュートの前に、何の前触れもなく突然小さな人影が現れた。

全身黒ずくめで小柄な体つき。手にはその身の丈より長い細身でやや反りのある細い剣を持っている。

「ひい！　き、きさまが血影だというのか？　ま、待て待て何でもやるぞ！　金か？　地位か？　何だ？　なんだってくれてやる！　ほら、こ、これ南方の珍しい果実だ！　そうだ腹は減ってないか？　最高の料理がある！　それを食ってから落ち着いて話せば……」

どうにかして死から逃れようとソビュートはなりふり構わずしゃべり続けた。

そんな彼の言葉の中の何かに興味を惹かれたのか、一瞬人影が動きを止めた。しかし、自身の首輪のような物に触れ……。

『ゴクリ……でも無理』

そう言って『彼女』が剣を一振りすると、ソビュートの首は自らが持ち上げていた果物の盛られた器にゴトリと落ちた……。

それから十分ほど経った頃。

森から出て、少し離れた場所にまるで隠すようにして停められている一台の黒い馬車がいた。

月明かりに照らされ地面に落ちた馬車の『影』。

それが一瞬水面のように揺らめくと、そこから音もなく黒い影が浮き上がってきて、それは小柄な人影を形作っていく。

人影は、馬車に近づくと扉を叩き、それに応えるように扉が開かれた。

「きちんと殺ったのか？」

……コク。

「よし、次の依頼だ。さっさと乗れ！」

「……ごはん」

「チッ、いいだろう。次の仕事が済んだら喰わしてやる！」

……コク。

彼の命には逆らえないのだろう。彼女は、一瞬不満そうな表情を浮かべたが、すぐに頷いて馬車に乗り込んだ。

「おい、出せ！」

男が命じると御者台の男が馬に鞭を入れ、その馬車は静かに走り出す。

「次は楽勝だ！　まあ、飯が食いたいってんならさっさと片付けることだな。ヘッヘッヘ」

そう言って男は、手に持った酒を一息に飲み干した。

「なんせ、セイナン市にいるシンリとかって駆け出し冒険者を殺るだけでいいんだからなあ！」

よほど報酬が良かったのだろう。男は随分とご機嫌な様子だ。

だが、疲れ果てていた彼女は、そんなことなど関係ないとばかりに横になると、揺れる馬車の中で束の間の眠りの中に落ちていくのだった……。

◆

「あらアンタ達も今からギルドかい？」

翌朝、一階に行くと、何やら出かける支度をしているアンナが話しかけてきた。

「ええ、何か依頼を受けてみようかと。『も』ってことはアンナさんもギルドに？」

「ああ、特製の蜂蜜《はちみつ》が切れそうなんで、ギルドに調達依頼を出しに行くんだよ」

「蜂蜜……それってお店じゃ買えないんですか？」

「うちの旦那のこだわりでね、『森大スズメバチ』の蜂蜜じゃないとダメなのさ。やつらは凶暴で、刺されると死ぬ事もある。一応D級以上の指定依頼で出すんだが、さて、今回は何日後に届くかね……」

「その森大スズメバチは、どこに生息しているか分かってるんですか？」

「この辺じゃ正門から出て半日行った所の小さな森が縄張りさ。何回巣を採って来ても、またすぐ同じ所に巣を作るようにしてるからすぐ分かるわよ」

「それなら、今から俺達で採ってきますよ」

「いや、気持ちは嬉しいんだけどねぇ……」

アンナは不安そうに俺達を見る。まあD級以上だって言ってるくらいだし、そこそこ強い魔物なのだろう。

「大丈夫です。俺達もD級冒険者ですから」

「バカ言っちゃいけないよ。こないだ正式にギルドカード貰ったばっかなのに……普通は何年もかかって、ん？」

疑うアンナにギルドカードの内容を浮かび上がらせて見せ、D級である事を証明した。

「はあ、何がどうなってんだろうねぇ？　タダもんじゃ無いのは感じちゃいたけど、それにしたって早過ぎだよ！　まあ、頼めるってんならこっちは有難いけどね。なら一緒にギルドまで申請しに行くかい？」

「いえ、昨夜のお祝いのお返しに差し上げますよ」

「そんな、タダってわけにはいかないよ！」

「では、今夜も夕食を御馳走になるって事でいかがです？」

「そんなんでいいなら安いもんさ。ったく、本当に危険な相手だってんのに、アンタ達なら簡単に何とかしちまいそうだから不思議だよ！」

そう呆《あき》れるように言うと、アンナは蜂の巣を入れる大きめの袋と、途中で食べられるようにと大量のパンを渡してくれた。

「いいかい？　試してみて無理だと判断したら止めて帰ってきな。そんときゃギルドに頼むから」

「はい。では行ってきます」

◆

正門を出て聞いた通りの道を進むと、前方に小さな森が見えてきた。

森の中には、大量の森大スズメバチが飛び回っているのがチラチラ見えている。体長は五十センチほどあり、アイスピックのような特大の針を持っている。あれで刺されればただでは済みそうもない。

そんな危険な蜂達の群れの中を、俺達は平然と歩いて進んだ。

ミスティが水の膜のような結界を俺達の周囲に張っているので、蜂達は全く近寄れないのだ。

森の中心にあったのは、幾重にも層になった巨大なラグビーボールのような巣。これまた、たいした大きさだ。

アンナに言われた通り、三分の一ほどだけ切り取って袋に詰める。

こうしておけば蜂達がまたここに巣を再生させるので探す手間が省けるのだそうだ。

巣の回収が済んだので、来たとき同様に森を出る。問題はずっとついて来るこの蜂の大軍を町に近づけない為にどうするかだ。

そんなことを考えていると、森のすぐ近くに一台の黒い馬車が停まっているのが見えた。

「まずい！」

俺達について来た蜂達は、その黒い馬車も早速攻撃対象にしたようだ。群れの一部が馬車目掛けて向きを変える。

「シンリ様、お任せください！」

そう言って瞬時に、馬車と蜂の間に入ったアイリが槍を構えた。

そしてゆっくりと、そして徐々に早く槍を体の前で回転させていく……。


ブゥン……フゥン……フィンフィンフィンフィィィィィィィィィー……！


槍を回すアイリの周囲はまるで吹き荒れる台風のようで、その風に触れた蜂は容赦無く全て切り刻まれていく。

そんな中、一部の蜂が、その暴風圏内を避けようと距離を取ろうと回り込むが……。

「伸《しん》っ！」

アイリの掛け声と共に、その暴風圏がどんどん外側に広がって、離れようとした蜂までもその風の刃で切り刻む。

彼女の持つ槍の柄に使った『伸縮樹』は、森の魔素を吸い込み伸び縮みする特殊な木だ。

この槍はその特性を活かしてアイリ自身の魔力操作で伸縮を調整出来るようにしてある。もともと魔力操作の苦手だったアイリが、死に物狂いで修業してモノにした必殺技だ。

森から出た個体をほぼアイリが殲滅《せんめつ》した頃、新たな蜂の集団が森の中から向かって来ているのが見えた。

「ワタクシに、お任せになって！」

今度はシズカが立ち塞がり、ハンマーを振りかぶって地面を叩くと、そこからは大きな岩の塊が隆起した。その岩塊目掛けてシズカが、陸上競技のハンマー投げのように三回ほど回転して愛用のハンマー『不壊痛壊槌《クラッシャー》』を一気に叩き付けると、砕けた岩塊は散弾銃の弾のように、無数の礫《つぶて》になって森の蜂達に襲いかかった。その礫の散弾が通り過ぎた後には、まともに動く敵はもうほとんどいない。

◆

蜂を撃退してふと見ると、あの馬車はいつの間にか逃げ去っていたようだ。一仕事終えた二人が、俺の下に駆け寄って来た。

「おつかれアイリ。調子はどうだい？」

「はい大丈夫です！　シンリ様お手製のこの槍がついていますから！」

そう言ってアイリは大事そうに槍を抱きしめる。まだ十五歳でありながら、レベルアップの過程でみるみる立派に成長した大人びた身体。抱きしめた槍が双丘にふわりと挟まれている様は、直視するにはやや刺激が強い……。

「お兄様ぁ！　ワタクシだって頑張りましたのに、何かお言葉を……」


ぐきゅるるるぅぅぅ……！


続くシズカの言葉はどこからか響く異音によって遮られた。

「なんだ？」

「今のはどこから？」

「アイリじゃないですよぉ！」

三者三様それぞれに各自の顔を見る。が、全員それを否定し首を振る。と、そこへ再び……。

ぐぅぐきゅるるるうぅぅぅ……！

また鳴った。音のした方角を皆で注意して見る。

くきゅうぅぅぐうぅぅ……！

長く続く異音にその発生源をたどってみれば、その音はどうやら俺の『影』の中から鳴っているようだ。

「お兄様って……」

「いや、なんとなく何て言おうとしたのか察しがついたが、違うからな！」

二人が可哀想な人を見るように俺を見るのを放置し、早速発動させた魔眼で『影』の正体を探る。

するとそこに誰かのステータスが見えたが、名前がない。

（年齢は十三歳。すでにレベルが六十五というのは高過ぎる。影人種という人種があるのか……。強制隷属状態といえばあの首輪の……）

「おい！」

俺は自身の『影』に問いかける……もちろんそこからの返事はない。

仕方なく俺は突然『本気』の速さでアイリとシズカを抱えて三メートルほど移動した。

あまりの速さに、もし誰か見ていたら瞬間移動にしか見えないだろう。その影人種がついてこられるわけがない。

俺の狙い通り、移動前の場所を見ると、真っ黒い小さな人影が驚いた様子でキョロキョロと辺りを見回していた……。

◆

その黒い人影の正体は、一人の少女。

俺と同じ黒い髪と黒い目をしており、手入れがされずボサボサの髪は目にかかる邪魔な部分を真っ直ぐ切っただけの、まるで髪の伸びる市松人形みたいな有様だ。真っ黒の汚れた服を着て、首には黒い首輪のような物を着け、腰に小太刀を、背中には身の丈よりも長い刀を背負っている。

彼女は、なんとかしてこちらに来ようとしているのだが、空腹の為だろう。もはや這うような動きでしかない。

「お腹が空いてるのか？」

……コクコクコク！

俺が少し近づいてそう問いかけると、彼女はそれに懸命にうなずいた。

「パンならあるけど……食べる？」

……コクコク。

「近づいて大丈夫か？」

……コク。

警戒しつつ近づいて伸びた俺の影が少女に触れると……少女はスーっと、まるで水の中に潜るように俺の『影』の中に消えた。

パンを一つ出して、そこにそっと近づけると……。

「お願い……」

そう言って少女が影の中から上半身だけをヌッと出してきた。うるうるしながらじっと俺を……いや違うな。パンを見つめる少女に、持っていたパンを差し出す。

「……いいの？」

「どうぞ、食べていいよ」

俺の返事を聞いて、パンをその手に受け取った少女はもしゃもしゃとパンを食べ始めた。

食べ方が小動物みたいだ。まるで兎《うさぎ》やハムスターを餌付けしてるみたいな感じがするな……ん？

「どうした？」

「…………」

食べ終わった少女が、ただ黙ってじっと俺を見ている……。

「ひょっとして……まだ欲しいの？」

……コクコク。

「ははは、待ってて……」

俺は、少女の前にアンナにもらったパンを袋ごと全部出し、一緒に水も出してあげた。

「君が、お腹いっぱいになるまで、食べていいんだよ」

コク！

力強く頷いた彼女は、夢中になって次々パンを食べ続けた。

……本当に兎みたいで可愛いな。いけないとわかっていても、思わず抱いて撫でたくなる。

袋の中のパンをほとんど平らげると、俺の影の中で至福に満ちた顔を浮かべる少女。

まるで露天風呂にでも浸かっているように気持ちよさそうだ。

「お腹いっぱいになった？」

コクコクコクコク！

すっかり満腹になりご機嫌なのか、何度も楽しそうに頷く少女。

「この影温かい……いい影」

本当に気持ち良さそうな少女だが、影に違いなんてものがあるんだろうか。

「居心地がいい影って事なのかい？」

コクコクコク。

俺達には分からない違いがきっとあるんだろう、確かに彼女はご満悦だ。

「俺は冒険者のシンリ。君の名前は？」

「……っ！」

俺の名前を聞いた途端、驚愕《きょうがく》と共にさっと少女の顔から血の気が引いた。明らかにその表情を強張らせる。

「シン……リ？」

「うん、そうだよ」

信じられないと言いたげな表情で聞き直してきた彼女に、間違いではないと答えると、途端に少女はひどく悲しげな……まるで泣きだしそうな顔で、スッと俺の影に沈み込んだ。

しばらく経ってから慌てて魔眼で探してみたが、もう近くに少女の気配は無くなっていた。

あの異能の力。年齢に見合わない高すぎるレベル。恐らく彼女が例の『血影』で間違いないだろう。

「だとしても、俺の名を聞いた時のあの反応はいったい……？」

辺りは日が傾き、連なって長く長く伸びた俺達の影の先は、いつの間にか遠い木陰と繋がっていた……。

◆

「あっはっは！　いやーこりゃまた大きく育ってたねぇ！」

宿に戻って蜂の巣を渡すと、アンナが驚いていた。最近見た中では一番大きかったらしい。

ご機嫌なアンナは、俺達に約束の豪勢な夕食を振舞ってくれた。

「さあ、じゃんじゃん食べとくれ！」

「え！　こんなに、いいんですか？」

「ああ、これでも十分安上がりなんだよ。遠慮しないで食べとくれ！」

実際にギルドを通して依頼すると、その危険性からかなり割高になるのだそうだ。

俺達のテーブルの上には、肉料理を中心とした数々の料理が並べきれないほど運ばれてきたのだが、これでも依頼料を払うより安いらしい。

それを聞いて、アンナなら自分達で採ってきた方が安上がりなんじゃ……と考えたのは内緒である。

美味しい食事に夢中になっていた俺達だったが、やや落ち着いてくると、話題は自然と先ほど出会った『影』に潜る少女の話になっていった……。

「お兄様……あの子」

「ああ、わかってる。あれが血影だ。俺を狙って送り込まれた暗殺者とみて間違いないだろうな」

まだ森を出てきて間もない俺達だが、すでに幾つかの対人戦闘を経験している。

それらはほとんど盗賊だったが、シイバ村を襲った連中は随分と規模の大きな盗賊団だと聞いたし、『霧』を使っていた偽吸血鬼達もその手口からかなり大きな後ろ盾が存在するはずだ。

「依頼した奴はなんとなく想像出来る。それでもハンスや村人に向かわなかっただけ良かったのかもな」

そう言って俺はハンスをエバンス夫妻を、そして花のようなマリエの笑顔を思い浮かべた。

「あの首輪……やっぱりあの子も、奴隷……なんですね。もしかしたら……私も」

かつて同じ首輪をつけられたアイリには、とても他人事とは思えないのだろう。思いつめた表情で俯いている。

「お兄様の御命を狙うというのなら遠慮はしませんが、そこに本人の意思がないというのは……正直、あまり気持ちのいいものではありませんわね」

先ほどの少女の姿から察するに、恐らくその扱いはとても酷いものだ。

大切な金づるであるはずの彼女に、まともに食事さえ与えていなかった事を考えると、雇い主もそろそろ潮時《しおどき》と考えているのかも知れないな……。

「シンリ様……あの子、助けてあげられませんか？　私、私……」

「そうですわね……無口系黒髪少女キャラをこのまま逃す手はありませんわ、お兄様」

二人ともすっかり少女に情が移ってしまったらしい。

確かに、俺も彼女の愛らしい瞳や兎のようにパンを食べる仕草を思い出すと、このまま殺してしまうのは胸が痛い。

「俺だって彼女を救うことには賛成だ。だが、彼女は討伐依頼まで出されている犯罪者。それは二人ともわかっているのかい？」

冷たい言い方かも知れない。だが、俺にとって何より優先すべきは『家族』である者達。今回、あの少女を助けるということは、あの少女を『家族』に迎え入れるということを意味している。

犯罪者を身内に引き入れたことで、俺を含めたこの場の全員が、今後この世界で生きにくくなるのかも知れないのだ。ここを確認せずには踏み出せない……。

「そんなもの、考えるまでもありませんわ。つべこべ言ってくる輩がいれば、全て叩き潰せばいいだけのこと」

「いや、お前そんな極端な……」

「何なら世界を征服なさってはいかがです？　世界中がお兄様のハーレムになるのも面白いのではなくて」

そうシズカは、当たり前のように言ってのけた。つか、世界制服って俺を魔王にでもするつもりか……。

「私は、あの子を助けたい。その結果がどうなろうと、どこまでもシンリ様についていくだけです！」

うん、アイリの俺への想いは、すでに崇拝《すうはい》レベルだからそうなるよね。

「まったく、俺はいい『家族』を持ったよ」

どうやら、思いはみんな同じらしい。それじゃあ、やるしかないよな。

それぞれの意志を確認して、再び乾杯をした俺達は、夕食を終えて部屋へと戻っていった。

◆

「シンリ様、来ました……」

深夜、屋根の上で周囲を見張っていたアイリがあの少女が近づいていることに『匂い』で気がついた。

まるでゴミのような衣服を着せられ、体すら拭かせてもらっていないあの少女からは、彼女特有のものに加え、濃く染み付いた血の匂いが漂っているので遠くからでもわかるらしいのだ。

とはいえ、この距離でそれに気付くことが出来たのはイヌ科の獣人独特の嗅覚故だろうが……。

「ではお兄様、行ってまいります」

事前の打ち合わせ通り、まずは確認のため、シズカをわざと宿から出かけさせ目立つように夜道を歩かせる。

これは、彼女の狙いが俺のみなのか、俺達全員なのかを調べるためだ。それにシズカなら、たとえ首を切り落とされたとて死にはしない。

「どうだいアイリ？」

「方向は変わりません。まっすぐこちらに向かっているようです」

どうやら、狙いは俺一人で間違いないようだ。これならアイリとシズカに危険が及ぶこともないだろう。

「アイリ、俺は行くよ。シズカが戻ったら二人で、着替えや体を洗う水なんかを用意しておいて」

「はい。シンリ様、あの子を……お願いします！」

「うん。任せて」

シズカは、近隣を一周したら戻る手筈になっている。

俺は戻ってからの指示を済ませて、一階から外に出て歩き始めた。

「みたいだね。でもすごいな。俺やミスティだから僅かな魔力の残滓《ざんし》を追えるが、姿は本当に見えないや」

（やっぱり、こっちについて来たわね……）

（変わった種族がいたものね。まるで水のように影の中を移動するなんて）

「ああ、普通に考えれば、呼吸はどうしてるんだろうとか考えちゃうよね」

（あら、水中にだって酸素はあるのよ？）

「いや、普通の人にはエラとかないし……」

そんな会話をミスティとしながら、ふらふらと闇夜の街を歩き回る。

うん、これって傍目から見たら立派に変な人だな……。立派？　まあいいか。

これから、あの少女と戦わなければならない。その現実に胸が締め付けられそうで、やや思考が空回りをする。

……あんなに美味しそうにパンを食べていたのに。

湧き上がってくるどす黒い感情は明らかな怒り。

彼女に俺を狙わせ、これまでも殺人を強要してきた者への憎悪……。

(シンリ、それ以上思いつめたら、周囲にも影響が出るわよ)

「ああ、すまないミスティ……」

ミスティに注意され、その感情が表に出かけていたことに気がついた。

怒気を相手に向けるだけで、盗賊を気絶させた俺のことだ。本気で怒りを発散すれば近隣にはちょっとした災害にもなりかねない。

深呼吸して、気持ちを切り替えた頃、目的地としていた街はずれの倉庫街にたどり着いた。

「いるんだろ。ここなら邪魔は入らない」

ここは東の城壁付近にある倉庫街の一角。周りの倉庫はすでに使われていないものが多く、誰かが用事で訪れる可能性は低い。

その開けた空き地の中心に立つと、俺は彼女に向けてそう問いかける。

「さあ、俺はここだよ！」

そう俺が、やや大きな声を上げた時だった……。


「……ッ！」

なんの前触れもなく、背後の影から伸びてきた剣がスーッと俺の首の位置を横切った！

俺は、それに反応して体を屈め、そのまま前へと移動する。

振り返った時には、彼女の姿はなく。その剣の切っ先が影に消えていくところだった。

……この間見た時にも感じたが、あれは剣ではない『刀』だ。血影の被害者の殺害状況に刺されたとか、首を斬られたって話が多かったのはこの武器故か。どんな剣を使っての犯行なのかと思ったが、確かに斬ることと刺すことに特化した『刀』を使っているのなら納得出来る。

「それにしても見事な刀だ。刃こぼれ一つありはしない……」

背後からの突きを躱し、それが影に戻っていく瞬間に、俺はじっくりとその美しい刃紋のある刃を見ていた。

血影の犯行は十や二十では到底足りない。それだけ使い続けてなお、これだけ綺麗な状態を維持するなんて現実的に不可能だ。

「もし、メンテや刀自体を作っている職人とかがいるなら会ってみたいな……」

そんな悠長《ゆうちょう》なことを呟きながら、俺はその見えない相手からの攻撃をあっさりと全て躱していく。

だが、彼女が攻撃の手を止めることはない。しかも、その一撃一撃が急所を的確に突く、まさに一撃必殺の剣筋なのである。

「大した技術だ。でも……」

かつて師匠が言っていたが、ある程度の技量を持つ者同士で手合わせすると、その剣筋から相手の心境や内面がはっきりと伝わってくる事があるらしい。それを俺が確信出来たのは、師匠から剣を習い始めて半年ほど経った頃であった。

その時伝わってきたのは、師匠が俺に寄せる何よりも深い愛情。

厳しい剣の一撃一撃が、全ては俺を想うが為に振り下ろされていると気づき、その優しさに涙したのは今でも決して忘れはしない。

「でもこれは、なんて悲しい剣撃なんだ……」

この少女から伝わってくるのは恐怖のみだ。俺を殺すことへの恐怖が、必殺であるはずの一撃をほんの一拍遅らせている。

本来、とても優しい女の子なのだろう。幾多の暗殺の中で、殺す相手が少しでも苦しむ間が無いようにと、一瞬でその命を絶つ術を恐らく独学でその身に染み込ませている。

避けられ続けても、執拗《しつよう》に攻撃の手を止めない少女。確かに、この暗闇は彼女の独壇場だ。全ての空間が彼女の身を隠し、どこからでも攻撃を仕掛ける事が可能。こと闇夜に於《お》いては、ある意味最強の暗殺者である。


「まあ、相手が俺じゃなきゃな……」


そんな彼女の、いかなる方向からの斬撃や刺突も、俺の体に触れることは出来ない。

なぜなら、師匠との厳しい特訓の中で自らの周囲の状況を視力に頼らず把握できるように、ベタだが目隠しをして師匠の剣筋を見切るという修行を嫌というほどさせられているからだ。

結果、自らを中心とした広範囲の気配や殺気などを目隠しした状態で察知出来るような域まで達している。

……でも、最後まで師匠の剣筋は見切れなかったけどね。

ただ後日、師匠が「君の反応を見て、さらにこちらも幾度も剣筋を変化させていたんだよ」と笑っていたのを聞いて、この人は、どんだけ負けず嫌いなんだと呆れさせられた。まあ、そこが師匠らしいとこなんだけど……。

『首輪』の命令に身体が逆らえないのだろう。彼女は、すでに汗を滲《にじ》ませ肩で息をしつつも、その攻撃の手を休めはしない。

まるで泣き叫んでいるかのようなこの悲痛な剣撃は、正直見ているのが辛いものだ……。

「このまま体力切れを待ってもいいんだけど……」

俺はそう呟き、再び空き地の中心に戻るとその場で足を止めた。

「少しきついけど……ごめんね」

そして自分のごく近くに範囲を絞って威圧を放つ。

「あぐっ！」

影の中にいたとはいえ、それを至近で受けてしまった少女は、金縛りにあったようになり、そのまま動けなくなった。

「この生活魔法だけは、無害だから師匠も使っていいって許してくれたんだけど。まさかこんな事に使うなんてね……」

俺は右手を上げ、ほんの少しだけ魔力を練った。

「目を閉じてないと眩しいよ。『照光《ライト》』！」

「……っ！」

掲げた右手の指を鳴らすと、俺と少女の周囲には何十という数の光球が灯り、あらゆる方向から照らされた事で二人の影が瞬時にその色を失っていく。そして影の存在しなくなった地面には、刀を構えた姿勢で動けずにいる少女の全身が現れた。

「やはり、地中に潜れるわけではないんだね。影が完全に無くなれば引きずり出されてしまう……か」

「う、ぐう……」

姿を晒した事に動揺する彼女だったが、未だ俺の威圧が続いているために、まったく動くことが出来ないようだ。

「まずは、目障りな首輪《それ》からだな……」

俺は自ら左目につけた眼帯を外し、彼女の前に膝をついた……。

「今から、君を解放する！　『首輪』を喰らえ【暴食眼《ベルゼブブ》】！」

そう言って、彼女の首に付いていたその『隷属の首輪』のみを魔眼で喰った。

「いやあぁぁぁぁぁぁぁぁっ！」

直後、辺りに響いたのは、歓喜の声ではなく……割れんばかりの悲鳴。

首輪の効力がなくなった事で、彼女はたった今まで俺に刃を向け続けていた現実をいきなり突きつけられたのだ。

さらには、これまでの己の所業が脳裏に次々湧き上がって、その幼い心を容赦なく攻め立てる。

それは想像を絶する絶望と恐怖の記憶。小さな少女が一人で背負うにはあまりにも過酷すぎる事実。

気がつけば彼女は、長刀の刃を自らの首に押し当てようとしていた……。

◆

私の名前は、ツバキ。

この名前は、母様が大好きな花にちなんで付けられたものらしい。

家の庭には赤やピンクのこの花が、年中慎ましげに咲いていて見る者の心を和ませていた。

そんな女性になるようにとの願いのこもった、大切な名前だ。


最後に見た我が家の姿。それは花よりも赤い炎に包まれていた。庭の花達は無惨に踏み折られ、落ちた花に囲まれるようにして父が倒れている。

母に抱かれた幼い私はその肩越しに、遠ざかっていく景色を目に焼き付けながら、ただただ怖くて泣き続けていただけ……。

その後母から聞いた話は、小さな私にはよく内容がわからなかったが、生まれ育った里はある勢力による侵略を受け、そして滅びてしまったらしい。

母との逃亡の日々は二年ほど続いたが、ある朝目が覚めると隣で寝ている母の身体はとても冷たくなっていて、もう二度と目覚めることはなかった……。

数日後、あまりの空腹に耐えきれず食べ物を探して外に出た私は、道に倒れて気を失っていたところを、年配の農家の夫婦に助けられた。

……運命というものは残酷なものだ。

夫婦のおかげで元気を取り戻し一年ほど経った頃、その村は野盗による襲撃を受ける。

優しかった夫婦は目の前で殺され、再び炎に包まれる家。そして彼らに捕まった私は、奴隷商に売り飛ばされた……。

この頃から、私はほとんど話さなくなった。肯定なら頷き、否定なら首を振る、ただそれだけの日々。

同じように閉じ込められている奴隷の人々が言うには、私の髪や目の色はとても珍しく、そして不吉なものだという。

痩せていて身体も小さく、そんな不吉な髪を持つ奴隷を買う物好きがいるはずもなく、私はずっと売れ残っていた。

いつまでも売れない事についに業を煮やした奴隷商の男は、賭けで作った借金の利息だと言って知人の男に無理矢理私を押し付けた。

「今日からお前は、こいつの所有物だ」

そう言って奴隷商の男に、この『首輪』をはめられた時から……私はツバキではない。ただの物となった。

それからの私は命令に逆らえず、多くの者をこの手で殺した。

蹴られ、殴られ、食事を数日抜かれるのもいつもの事だ。

そして毎日のように……殺して、殺して、殺して、殺して、殺して………。

目を閉じれば、今まで斬った相手の首が、まるであの花が散る時のようにぼとりと地面に転がっていく。

そして私の両の掌は彼らの血で真っ赤に染まっていて……庭にあった赤い花のようだ……。

こんな血まみれな私が、助けられていいはずがない。

そうだ。助けてもらう価値なんかない。

「こんな私なんか死……」

「あのパンすごく美味しかっただろ？」

「え……？」

突然かけられた彼の言葉に、長刀を持つ手が止まる。

「あれさ、俺の泊まってる宿屋のパンでね。朝とか本当にいい香りがしてさ……」

「何を言って……」

「でもさ、あのパンの美味さを更にとんでもなく飛躍させる食べ方があってさ……」

「……っ！」

「それが、もう堪らないんだよ！　食べ出したら最後、美味しすぎてアイリなんか手が止まらなくなっちゃって、もう大変……」

「……ゴク」

「死にたいほどに辛いその気持ちは、俺が生涯《しょうがい》共に背負ってやるから……。俺と一緒に、そのとっておきのパンを食べようツバキ！」

彼に私の本当の名前を呼ばれると、体から力が抜け、握っていた刀が手から離れてカランと音を立てて地面に落ちる。

そして……気がつけば私は、目の前の優しい彼に駆け寄り、すがるようにして抱きついていた。

「わ、わだじ……グス。わ、私は誰も……誰も殺したくなんかなかった！　ううぅぅぅ……わあぁぁーん！」

随分と久しぶりに湧き出す自らの本当の感情。それは堰を切ったかのように涙とともに流れ出していく。

私は泣いた。声が続く限り泣き叫んだ。彼に強く強く抱きついて、涙が枯れるほど泣き続け……。

「もう大丈夫。大丈夫だから……今は少しおやすみ、ツバキ」

「……うん」

そう言う彼の腕の中で、私はいつ以来かわからない、安らかで深い眠りの中に落ちていった……。

◆

「お兄様！」

「シンリ様！」

宿に戻り、窓から中に入るとシズカとアイリが心配そうに出迎える。

「ただいま。シズカ、彼女を頼む」

宿のベッドに寝かせるにしても、ツバキはあまりにも汚れすぎた。俺はシズカ達に眠ったままの彼女を預け、体を洗って着替えさせるように指示して廊下へと出る。

……さすがに、眠った彼女の裸を俺が見るのは問題があるだろうからね。

「なんて小さな手……」

室内では、ツバキの体を二人で洗いながらシズカがその小さな手を見つめていた。

「こんな小さな手にあんなものを持たされて、無理やり命令されて。そしてたくさんの……」

そう言ってアイリは壁に立てかけられた長刀を見る。

「もっと違った生き方が出来ていたなら……そうね、美味しいものや花なんかをこの手で持って暮らせていれば……」

持ち上げたツバキの手を、自分の頬に当てながらシズカも呟く。

「私達の旅は過酷になるかも知れないんだってシンリ様は言ってました。だから私は頑張って修行した。そんな私達と共に行く事をこの子は望むでしょうか？　これからもこの剣を握って……」

「そうね……。強過ぎる力は、時として災いを呼ぶもの。それもまたテンプレよね……。でも、この先に何が待っていたとしてもお兄様と一緒なら乗り越えられる。この子もそう思ってくれればいいのだけど……」

（でも一つだけわかっている事があるわ。それはお兄様が決してこの子をお見捨てにはならないって事……）

「シンリ様……」

しばらくすると、シズカから声がかかりツバキの着替えが済んだと教えてくれた。

「あ、ああ……」

中に入ると、未だぼんやりとしているがツバキがちょうど目を覚ましたところだった。

強制的にあれだけ無理に攻撃を続けさせられた彼女の疲労はかなりひどく、横たえられたベッドから起き上がることは出来ない。

だが、俺の姿を見つけると、その手を一生懸命伸ばして宙を掴んだ。

「大丈夫だ。俺はここにいるよ」

…………コク。

ベッドのそばに座り彼女の手をしっかりと握ると、ツバキはそれを自らの頬に当て安堵した表情で頷いた。

「驚かせてごめんね。紹介するよ、シズカとアイリだ」

「シズカよ！　ワタクシはお兄様の妹ですわ！」

俺がツバキに二人を紹介すると、シズカは腰に手を当てそう言って慎ましい胸を張る。彼女のこういったいつも変わらぬ明るさは、それぞれが様々な問題を抱える俺たちにとって、時に何ものにも代え難い救いや癒《いや》しとなる。

……まあ、正体はそれらと最も遠い存在なんだけどね。

「アイリだよ。もう、大丈夫だからね」

アイリは、挨拶とともにツバキの頭を優しく撫でた。

同じようにあの忌まわしい首輪をつけられた経験からだろう。目の端に涙を浮かべている。

心優しいアイリの存在は、すっかり規格外の存在となった俺やシズカの暴走を止める、いわばストッパーだ。彼女の存在がなければ、自分達を基準に行動してしまい、多くのトラブルを招いたに違いない。

……まあ、キレるとアイリも十分規格外なんだけど。

「さて、ツバキ。思い出したくないだろうけど、少し話を聞かせてくれるかな………」

まだ、今夜中に片付けなければならない問題がある。そのための情報をツバキに聞いた俺は、シズカとともに再び未だ暗い街へと出かけて行った。

◆

ここは、セイナン市の北門から出て少し離れた小さな森。

そこにはまるで隠れるようにして、一台の黒い馬車が停まっていた。

「ヒック……。あのガキ、今日はやけに手こずってやがるなぁ、ヒック……」

馬車の中では一人の中年の男が、手に持ったグラスの酒を飲んでいる。

「しかし、まったくいい拾いもんだったぜ。ひゃっはっは！　ヒックゥー……」

ご機嫌な男は、グラスに残った酒を見ながら、ここまでの事を思い出していた……。

あれは三年ほど前の事。

知り合いの奴隷商から縁起でも無い髪と目の色をした痩せこけた子供を、借金の利息代わりだと言って無理矢理押し付けられた。愛想の一つも無い、よく喋りもしない役立たずのガキだ。

それでも性別だけは女だったので、いつかは売れるだろうと思って渋々育ててみる事にする。

それから半年ほどしたある日、このガキが家の影に沈み込んで行くのを見た。

びっくりしたが、何よりこの力からは金の匂いがプンプンしやがる。まずは試しに盗みをさせてみた。だが、鍵があれば開けられないし、運べる量は所詮《しょせん》ガキの腕力程度、たかが知れてる。

そこでだ。いつも気に喰わない奴をこいつに襲わせてみると、誰にも見られず全く気付かれずに殺す事が出来た。

これだ！　と思った俺はこいつを使って暗殺を請け負う事にする。俺がやってるわけじゃねえから仕事を選ぶ必要なんかねえ。金のいい仕事なら何だってやらせた。

これがなんと見事に成功し、その評判はみるみる王都、いや王国中に広まっていった。次々と舞い込む仕事、その全てをこのガキはいとも簡単にこなし、俺に莫大な富と財産をもたらしていく。

ある貴族を暗殺後、屋敷を物色していた時に、遠い東の島国の武器だという『刀』を手に入れる。

これは切る事に特化していて、ガキの暗殺方法とも相性が良く、仕事の効率がさらに上がった。

それからも数えきれないほどの暗殺をガキにやらせ、俺は大きな屋敷とたくさんの女達。そして一生遊んで暮らせるだけの金を手に入れたんだ。

「しかし、最近俺を『血影』自身だと疑っている奴らがいる。そろそろ潮時だ。あのガキを殺して責任を取らせ、その首にかかった賞金もついでに俺が頂いて……くっくっくっ……あーはっはっはっは！　こりゃ腹が痛いわ！」

ひとしきり笑うと、男はグラスの酒をクイッと飲み干した。

「よくやってくれたよ、あのガキは……くっくっく、笑いが止まらん！　早いとこ、このチンケな依頼を済まして、ガキの死体と一緒に女達の待つ屋敷に帰りたいもんだぜ……」


コンコンコン。


新たな酒瓶を取り出そうと男が椅子から立ち上がると、突然馬車の扉が外から叩かれる。

「チッ、遅かったじゃねえかクソガキが！」

そう言って男が扉を開けると、そこには見た事もないような美しい少女が立っていた……。

◆

宿から出た俺とシズカは、ツバキから聞いた雇い主との待ち合わせ場所を目指して走っていた。

「お兄様、ところでどうなさるおつもりですか？」

「そうだな……」

走りながら、シズカがそう尋ねてきたのだが、正直なところ具体的な策があるわけではない。

だが、明日になって奴からツバキが血影であると広められることだけは、何としても阻止せねばならなかったのだ。

ツバキの情報通り、目的地には一台の黒い馬車が停まっていた。見覚えのある外装は、やはり蜂蜜採りに行った時に見たあの馬車である。

御者の男を気絶させ、様子を伺うと中からは随分と下品な独り言が聞こえてきた。その内容に怒りを覚えた俺は、一瞬このまま焼き尽くしてやろうかとも思ったが、ふと奴が口走ったある言葉を聞いてそれを思い留まる。

「シズカ……」

「ふふふ、それはいいですわね」

俺が思いついた内容をシズカに耳打ちすると、彼女は楽しそうに微笑んで、馬車の扉をノックした。


「チッ、遅かったじゃねえかクソガキが！」


面倒臭そうにそう言いながら、男は馬車の扉を開ける。

「こんばんわ」

「あん？　誰だお前は……がっ！……」

男が目の前にいたシズカの姿を見つめた瞬間、彼の自由は完全にシズカによって奪われた。

「お前が、血影を操っていた黒幕で間違いないな？」

「は……い」

俺が男に問いかけると、彼はそう言って頷く。

「お前以外に、彼女が血影だと知っている人間はいるのか？」

「……ぎょ……しゃだけ……だ」

……よかった。一番の懸念材料は、こいつ以外にツバキが血影だと知る人物がどれくらいいるのかということだったが、その心配は杞憂だったようだ。御者は今からひと仕事させた後、記憶を奪ってしまえばいいだろう。

「首を出せ」

俺は、ツバキから外した『隷属の首輪』をその男の首にはめた。

これは、主人となる者が血か魔力を込めて装着することで、対象に主人を認識させる。今回は俺の魔力を込めたので、主人はこの俺だ。

壊れないよう注意しながらしっかりと魔力を注いでおいたので、死ぬまで俺の命令以外の行動が出来ず、どんな高位の術師でも外すのは不可能だろう。さらに見つかりにくくするため、皮膚の一部を切って首輪の上から被せ、その上でミスティに治療してもらったので外からは完全に見えなくなった。

「さて、お前は今から血影だ」

「お……れは、ち……かげ、です」

……おっと、このままはっきり話せないと自白もさせられないな。

俺はシズカに頼んで、かけていた『魅了』を解除させた。

「お前は血影だ。だからこれまでの犯行も全て知っている。そうだな？」

「はい。俺は血影だから……全部知ってる」

……よし、これなら問題ないだろう。

俺は男に、王都に戻って自らが『血影』として動き、適当なヘマをして捕まるように命令した。

そして、これまでの事も全て自分一人がやった事だと自白し、罪を償う事。ツバキに関する全ての記憶を忘れる事などを細かく命令する。

「……これくらいでいいだろう」

「取りあえず、最善の手が打てましたわね」

確かに、はからずも今考えられる最良の対策が出来たと言っていいだろう。彼らが捕まり刑が執行されることで血影騒動も終息するに違いない。これでツバキが社会で普通に暮らしていくのに、障害になるものはなくなる。

御者の男にはシズカが術を施し、王都に男を送り届けた時点で記憶を全てなくすようにしておいた。やや可哀想《かわいそう》な気もするが、多くの人命を奪っていると知りながらその行為に加担していたんだ、自業自得と諦めてもらおう。

彼らにとっての地獄が待つ王都に向けて、ゆっくりと馬車は走り出した。

それを見送ると、俺達は宿へと帰って行く。

空では、まるでこれからのツバキを象徴するかのように、山の向こうに顔を出した陽の光が闇を少しずつ消し去っていた……。

第五章　悪意

翌日、昼過ぎまで寝ていた俺達は、部屋でツバキと今後のことについて話すことにした。

「…………とまあ、こんな感じで俺達は冒険者になった。そしてこれからも冒険者として旅をしていく事になるだろう。ついてくればこれからもずっと多くの戦いを経験する事になる。もし、ツバキが平穏である事を望むのであれば、住むところもちゃんと暮らしていけるだけの金も与えよう。もちろん身の安全だって絶対に保障する」

「私には……平穏など許されるはずがない」

そう言ってツバキは顔を伏せる。まあ、無理もないか。

「ツバキ、過去を完全に忘れろとは言わない。それでも過去に囚われていては前には進めないだろう」

「……それはそう。でも……」

無口な彼女が自分の言葉でしっかりと話してくれているのは、彼女なりに真剣に俺達との今後を考えてくれている意思表示なのだろう。

「じゃあツバキ。これからは後ろを振り返りそうになったら俺を見てくれないか。いや、俺だけじゃない。シズカを、アイリを。俺達仲間達……。ううん、違うな。俺達は血は繋がっていないが家族同然。だからツバキ、そんな時は俺達家族の事だけを考えて、俺達の事だけを見るんだ。ツバキが辛い思いに耐えきれないと感じる時、そこには必ず俺達家族がいて君を支えるから！」

「私に……家族が？」

俺はツバキの両手を俺の両手でしっかりと握りしめながら、彼女の目を真っ直ぐに見つめて言った。

「そうだ。俺と家族になろうツバキ！」

「あぅあぅあぅぅぅ……」

途端にツバキは真っ赤になって俯き、へなへなと力が抜けていく。

「あのー……お兄様。今のじゃまるでプロポーズみたいじゃありませんこと？」

た、確かに。よくよく思い出せばそうとしか思えない言い回しをしている。ツバキが赤くなったのはそういう事か……。

「えっと、ツバキ」

「主様《あるじさま》……」

「え？」

「主様です。私の主様になって下さい」

ツバキ曰く、彼女達『影人種』は一族を率いる最も強き者を『主』と呼び、全ての者が付き従うのだという。

よかった……旦那さまとかの意味かと思った。

「わかった。それをツバキが望むなら……俺がツバキの主になろう」

「感謝します、主様！」

そう言うと、ふいに俺に飛びついてしっかりと抱きついてくるツバキ。

「どこまでもお供いたします。主様、幾久《いくひさ》しくお仕えさせて下さいませ！」

「ああ、よろしくツバキ」

こうして、俺達に新しい『家族』が加わることになったのだった。

◆

翌日、ツバキは体調回復のためにゆっくりと休ませ、彼女の身の回りのものを準備するためシズカ達は買い物に出かける。買ってきた衣服や布地を使い、シズカはツバキの服を作った。

そして次の日の朝。俺達は少し早めに出かけることにして一階に降りる。

「おや、お出かけかい？　ツバキちゃんだっけ、何かわからない事があったら母ちゃんだと思って何でも聞いとくれ！　頑張るんだよ！」

ツバキの件は、髪も俺と同じように黒いので、同郷の知人の娘さんが訪ねて来たのだと説明した。

人数が増えたから追加料金を払うと言ったのだが、構わないとあっさり断られている。

アンナにも十歳になるテスラという娘がいるので、ツバキの事もどうやら気にかけてくれているらしい。

「よかったねツバキ」

コクコク。

頭を撫でながら声をかける。ツバキもまんざらではなさそうである。

俺達は手始めにフェアリー鞄工房を訪ねた。予定通りならマジックバッグが完成している頃だ。

「おお！　同志シンリ殿、お待ちしておりましたぞ！　ささ、どうぞこちらへ」

店に入ると、やはり高いテンションの二人が出迎えてくれた。最初に会った時に比べると随分な変わりようである。

「まずは、こちらから御覧ください！　これはですな………」

二人は完成したマジックバッグを見せながら色々と熱く語り始める。

まずアイリのリュック型。見た目もサイズも普通の革製のリュックに見える。

これは『ワープフロッグ』という、ダンジョン内にのみ生息するレアな蛙型の魔物の革を使っており、小型のリュックの形状でありながら容量は特大。だいたい平屋一軒分ぐらいは楽に入るらしい。

そして俺のショルダーなんだが……はっきり言って見た目は肩紐《かたひも》の付いたデカいがまぐちだ。

なんでも、百年ほど前に偶然この世界に転移して来たのが見つかった、超貴重な伝説級の素材『異界くじらの革』を惜《お》しげも無く使い、がまぐちの口金も希少な魔法金属で……（以下長いので省略）。

とまあ、彼らによる熱い説明はまだまだ続いてるのだが、容量はギルドの建物がすっぽり入ってしまうくらいはあるそうで、これは彼らの製作した鞄の中でも最高記録らしい。

「ありがとう。で、お幾らになるんでしょう？」

「もちろん、差し上げます！」

「は？」

「同志、いえ『神』からお金などいただけません！」

「しかし……」

「シンリ殿のおかげで、久しぶりに職人として全てを打ち込める素晴らしい仕事が出来ました！魂を込めたその作品が同志シンリ殿と、そ、その……ミスティ様のお役に立てれば、こんなご褒美は他にありません！」

「……はあ、わかりました。では、一生大切に使わせてもらいますね」

使ってもらうのがご褒美とまで言われれば、これ以上の問答は失礼だろう。

せめてものお礼にと思い、最後にミスティから直接思念で二人に礼を言ってもらうと、二人は腰が砕けたようにその場に倒れ込んでしまった……。

◆

バッグも手に入った事だし、俺達のパーティにツバキも加わった。早速彼女のギルドカードを作ってもらうべく全員でギルドに向かう。やはり朝の混雑が過ぎ去ったギルドは閑散としている。俺はツバキを伴って受付に向かい、係の女性に手続きをお願いした。

「主様！」

待つ事十五分あまり、出来たばかりのカードを掲げながらツバキが嬉しそうに駆け寄ってくる。

……いやいや、何だこの可愛い生き物。

そのまま俺に抱きついて笑顔で顔をこすりつけてくる。周りの職員や冒険者まで手を止めて、ぼんやり見つめているところを見ると、彼らもツバキの可愛らしい仕草に癒されているようだ。

「ツバキ、恐ろしいコ！」

いやシズカ、これは狙ってやってるんじゃないから……。

「これでツバキも晴れて冒険者の仲間入りだ。早速何か初任務に出掛けてみようか？」

コク！

「お兄様、そういう事ならコレに決まりですわ！」

手続きをしている間、シズカとアイリはずっと掲示板の前にいて何やらわいわいと騒いでいたのだが、その中から、気になった依頼をいくつか選んできたようで、シズカの手には数枚の依頼書が握られている。

まあいい。何となく選びそうな依頼は想像出来るが、その中に俺達が危機に陥《おちい》るほどの依頼があるとは考え難い。

「えっと、この依頼を受けたいんですが」

「かしこまりました。えっと、皆さんのギルドカードは……」

先ほどツバキのカードを作ってくれた受付に行き、同じ受付嬢に依頼書を渡すとパーティ全員のカードを一緒に提出するように言われた。慌ててみんなを呼び、カードを集める。

「すみません。受付してもらうの初めてなもので……」

「うふふふ。もう冗談ばっかり！　それでどうやってDランクになるんですか」

うん、ごめんね。なっちゃったんですよ、いつの間にか……。

「あの……本当にこちらの依頼で、よろしいんですか？　どれも新人向けですが……」

シズカめ……やはりか。

「ああ、今日はさっきの新人に慣れてもらうのが目的ですから」

「そうだったんですね。あと、これらの『銀一』は依頼書持ってこなくて大丈夫ですよ。常時受付なので依頼品を持ってくるだけで完了になりますから」

後で知ったのだが、今回シズカが選んだ依頼はほとんどが素材の採集で、どれも一単位あたり銀貨一枚になるので、通称銀一と呼ばれるものだった。駆け出しの新人冒険者が最低限の生活をしていく為に、素材さえ入手してくればいつでも換金してくれるというありがたーいクエストなのだ。


「さあ、はりきって行きましょうお兄様！」

受付を済ませ、ギルドを後にする。

シズカ、ギルド前で絡まれるテンプレはもう体験しただろう。町の人が怖がっているから、ハンマー担いで凄むのは止めなさい。

ともあれ俺達は、やっと……。

あえてもう一度言わせてくれ。やっと！　ギルドで受けた冒険者らしいクエストを体験するべく、町の外へと出発した。

◆

「それでシズカ、最初は何するんだ？」

「よくぞ聞いて下さいました。もちろん最初はこの……薬草採りですわ！　ですわですわ……」

「おお！」

コク！

自分でエコーまで効かせて大袈裟《おおげさ》な……。いや、アイリもツバキも乗っからなくていいからね。

「まあいい。シズカ、その薬草はどれなんだ？」

とりあえず野原まで来てみた俺達は、そこで薬草採りを始める事にした。まあ何事も経験だし、やってみようか。

「……アイリ？」

「え、いや……シズカさん私ですか？　私は山菜はわかりますが薬草は詳しくないですよ。第一この辺りの草花は山とは全く違いますし」

「ツバキ……？」

フルフル。

シズカにいきなり話を振られ首を横にふるツバキ。アイリも知らないんじゃ話にならんな……。

「ミスティ……教えてくれるか？」

（たぶんこれね。この葉っぱがハート型のやつ。この地の妖精達がみんなで指差してくれているから）

「ありがとうミスティ」

ミスティに聞いてみると付近の妖精を使って、すぐに答えを教えてくれた。

「わかったぞシズカ。このハート型の葉っぱのやつらしい」

「さすがはお兄様！　そうと決まれば競争ですわよ！」

「負けませんよぉ！」

コク！

全力で散っていく仲間達。こんなテンションで薬草採りなんかにとりかかる冒険者は、この世界でもきっと俺達だけに違いない……。

薬草採りの報酬の単位は十本を一束として銀貨一枚。まあ、誰が一番に十本集めるかを競って四人で四束。銀貨四枚分の短期労働って感じか……。


「って、思うのが普通じゃないかお前達？」

呆れ顔の俺の目の前には、三人が競いながら集めた二百束近い薬草の山が積み上がっている。

「ちょっと採り過ぎちゃいましたわね！　テヘ」

テヘ、じゃないよ。しかも三人とも姿が見えないほど遠くまで行ってきたようだし。どんだけ広い範囲で刈り尽くしてきたのやら……。

まあ、採集したものは仕方がない。とりあえずバッグにしまっておくか。

◆

「さあ、次はスライムの核集めですわよ！」

場所を移し、セイナン市の西にある湿地帯に来た俺達は定番中の定番、スライムの核を回収するクエストに挑もうとしている。

ちなみにだが、道中普通に歩いていると、かなり距離が離れているにもかかわらず俺達の接近を感じ取った魔物達は全て全力で逃げてしまった。魔力や威圧の波動は全く出さないようにしているので、まさに野生の勘というやつなんだろう。

そこで、狩りをする時の要領で俺とシズカ、アイリは、自分達の気配をワザとネズミや野兎程度に偽っている。こうしないとこの湿地帯の全てのスライムが逃げてしまうからな……。

ともあれ、そんな脆弱《ぜいじゃく》な存在と認識されるように仕向けた俺達の周囲は、あっという間にスライム達に取り囲まれた。

「おお、かなりいるなあ」

そんな呑気《のんき》な事を言っていると、一体のスライムがぴょんと跳ねて俺めがけて飛びかかってくる。

「主様！　ひゃうっ！」

すかさず俺の前にツバキが体を滑り込ませ長刀を一閃。しかしスライムの組成を司る核まで真っ二つに切ってしまい、体組織を維持出来なくなったスライムはただのドロドロした液体になってツバキの全身を濡らした。

「あらあら、刃物を使ってはいけませんわ。殴打武器などで叩き、弱らせてから組織を剥がして核を取るんですのよ」

「まあ、言ってる事は正論だシズカ。だが、お前の後ろの残骸はなんだ？」

偉そうに講釈を垂れるシズカの背後にはハンマーで作ったと思われる地面に空いた無数の凹みがあり、そこには先ほどのツバキ同様、ただの液体となったスライムの残骸《ざんがい》が溜まっている。

「これは……ほんのちょっと加減を間違いまして……」

「ちょっとねえ……」

しかし、恐らくは俺がやっても似た結果になるに違いない。そこでツバキとアイリには木の棒を、俺達二人は小さな木の枝を、それぞれ拾って手に持ち、それでスライムを叩く事にした。

早くにコツを掴んで順調に核を回収していくツバキとアイリ。だが、俺達はというと……。

「お兄様……小枝って、こんなに恐ろしい武器だったんですね」

相変わらず、スライムの水溜まりを作り続け……ついには近寄るスライムがいなくなった。

◆

「いよいよゴブリン！　ゴブリン討伐ですわ！」

さて、銀一の基本三クエストのラストは、小説でもお馴染みのゴブリン討伐だ。これはカードに討伐数がカウントされていくので、面倒な素材回収などがない。

一体一体は比較的簡単に倒せるゴブリンだが繁殖力が強く、集団が大きくなると人間を襲撃するようになるので、こうして抑制する必要があるのだ。厳しい生存競争に勝ち残ると、より上位のゴブリン亜種に進化する場合もあるので注意が必要だ。

最近目撃情報が増えているという森に移動すると、確かに中には数匹のゴブリンがうろついているのが見えた。

ちょっと魔眼で確認したが、近くにいるゴブリンはレベル十前後の弱い個体ばかりだ。これではスライムの二の舞になるだろうな。

「アイリ、ツバキ。二人は適当に狩っておいで。シズカは俺と留守番な！」

「お兄様そんなっ！　せ、せっかくのゴブイベがぁ……」

落ち込むシズカを見て、ちょっと可哀想になったが仕方ない。スライムと違ってゴブリンは生々しい死体が残るんだ。この森に地獄絵図を描かせるわけにもいくまい。

森に入った二人を見ていると、アイリは出来るだけツバキに戦わせているようだ。

これは魔物との戦闘経験が無いツバキに経験を積ませようという配慮からだろう。人とは違って、魔物は時折予想だに出来ない行動を取る。それらに今後対応出来るようにする為にも、多くの経験が必要なのだ。

しばらくすると、逃げ腰になったゴブリンを深追いしているのか二人の姿が森の奥に消え、全く見えなくなってしまった。

「お兄様……これはまさか」

下ろしていたハンマーを担ぎ上げ、シズカがキラリと目を輝かせながら俺を見る。テンプレなら、森の奥には強力な魔物が待ち構えており、深追いし過ぎた仲間がピンチに陥るところなんだろうけど……。

ギュワオォォーン……。

「チッ……」

森の奥から突然響いた魔物の声。しかし、明らかに断末魔の声である。ちなみに続いたのはシズカの舌打ちだ……。

ツバキのみなら多少の不安もあるが、今彼女の側にはアイリが一緒にいる。そんじょそこらの魔物がどうこう出来るほど、もう彼女は弱くはない。俺と過ごした二年間は伊達ではないのだ。

戻った二人に案内されて森に入ると、白く大きな虎に似た魔物が死んでいた。傷跡は背後からのひと突き。アイリが正面で敵の気を引いて、木陰を使ったツバキが背後に回ったのか……なかなかいい連携だ。ツバキのレベルが上がっていたので、まあそこそこの相手だったのだろう。五メートルを超すその大きな死体は俺のマジックバッグに入れておく。

◆

全てのクエストをこなし、意気揚々とギルドに戻った俺達だったのだが……

「なんて事をしてくれたんですか、あなた達はぁっ！」

……怒られた。

集計の手を休めずに俺達にお説教を続けているのは、出発前の受付も担当してくれた受付嬢のカタリナだ。

「だいたい、あの時間から出かけてなんで三クエストもこなせるんですか？　どんなに早い馬で行っても二カ所行けば帰りは深夜になるはずですよ！」

「カタリナ、こっちは集計出たわよ。でも、ちょっと……が……なのよ」

「…………いっ！」

持ち込んだ薬草を数えていた係りの女性から耳打ちをされたカタリナが、つかつかと俺に詰め寄って来た。何かまずい事でもあったのか……。

「シンリさん、この薬草はどこで？」

「ああ、町を出て少し行ったところの草原で……」

「嘘言わないでください！　これは『ハートカモミール』上級薬に使う超貴重なこのレア素材が、そんなにポンポン草原に生えてるわけがないでしょう！」

「えええっ！」

「これは通常一本で銀貨五枚の報酬です。集計では十本を一束にしたものが全部で百九十二束。つまり千九百二十本あるわけだから……銀貨九千六百……金貨にして九百六十枚分です！」

薬草採り行って小一時間で九百六十万円って……どんだけの高額バイトだ。

まあ、薬草の種類を聞いて出かけなかった俺達も悪いんだが……。

ツバキはともかく、特殊な嗅覚で探すアイリと、そのものの存在を独自の方法で感知するシズカが、どんだけ広範囲で探し出したのかは不明だが、いくらなんでもやり過ぎた。

次にスライムの核だが、これはアイリとツバキだけしかまともに回収出来なかったにもかかわらず……。

「核の総数は、九十三個。金貨九枚と銀貨三枚ですが……皆さんは今後、あの湿地帯へは出入り禁止です！」

まさかの出禁処分が言い渡された。確かにその倍くらいのスライムを俺とシズカで無駄にしているし、仕方あるまい。

「ふう、最後はゴブリン討伐ですね。アイリさんが七体。ツバキさんは……これ、間違いないですか？」

コク。

「ツバキさんお一人で四十三体も……ですか。しかもゴブリン弓兵《アーチャー》とゴブリン槍兵《ランサー》が混じってますね。こちらはいずれも銀貨五枚ですので、お二人で合計金貨八枚と銀貨二枚です」

なんだか進化種が混じっていたようだな。しかし、本来なら一番しょぼいはずの薬草採集の報酬が意外すぎて、他の二つが大した成果に見えない。正直感覚が麻痺《まひ》してしまっている。

「はっはっは。さすがは私のご主人様だ！　シンリ殿はギルドの金庫を空にでもするおつもりなのかな」

今は忙しそうに金貨を準備しているカタリナ。彼女にさっきまでこってり絞られ、なんだかひどく疲れているところに追い打ちをかけるようにしてエレナが上機嫌で姿を見せた。

……というか、いつからお前のご主人様になったんだ。

「あ、支店長。実は…………」

エレナの姿を見つけたカタリナは彼女に駆け寄って誰かのギルドカードを見せ、何やら二人で相談を始めた。

「うん。大丈夫だろう許可するよ」

「かしこまりました。では、そのように手続きいたします」

おいおい、これ以上何があるというんだ……。

「どうも、お待たせしました」

あれから、さらに待つこと二十分あまり。

カタリナが報酬の入ったカートを押しながら、ホールの隅にあるベンチで待つ俺達の下にやってきた。

念のため受け取ったギルドカードを確認したのだが、もちろん今回大した事をしなかった俺のランクに変化はない。

「主様！　見て！」

他の二人も同じだったのだが、ただ一人なりたてのFランクだったツバキは昇級していたみたいだ。

「どれどれ、E級にでもなっていたのか？……ぶっ！」

「どうなさったんですのお兄様……はあっ！」

「すごい！　ツバキちゃんもう一緒です！」

おいおい、どんだけ評価が甘いんだ。登録からたった半日でD級になるとか有り得ないだろう。

「うふふ。驚かれたみたいですね。でも、シンリさんのパーティだから特別にってわけではないんですよ」

「どういうことでしょう？」


それからカタリナがツバキの昇級の理由について説明してくれた。それによればまずゴブリンの討伐数。これだけでもE級以上になってもおかしくはない量の討伐数だったようだ。

問題は最後に倒した虎のような魔物。あれは『森大牙《フォレストタイガー》』といって森の奥にそいつが住み着くと、自分達が捕食されるのを避ける為、付近の魔物が近隣で家畜を襲って攫うようになるという、とても迷惑な魔物らしい。

単体でもとても強いうえに近隣の魔物を多数従えている為、その目撃が報告されれば最低でもA級冒険者が在籍しているパーティを呼び寄せて討伐するレベルの魔物。それをほぼ単独で撃破したとなれば異例の昇級をするのも納得出来る話なんだとか……。

「今回、シンリさん達は森大牙《フォレストタイガー》の死体は回収されなかったんですね。その毛皮は貴族の方々に大変人気があって、以前には希少なアルビノ種である白い森大牙の毛皮に金貨千枚の値が付いたなんて話もあるぐらいで……」

あ、うん。それだ、それ持ってる……。

でも今、これ以上報酬をもらうのはごめんだ。とりあえずバッグから魔眼に収納し直せば、ずっと腐ることも鮮度が落ちる事もない。いつか誰かへの贈り物にでも使えるだろう。

仲間達にもそう言って、死体を持っている事は他言無用とする。

金貨の入った袋をマジックバッグに入れ、カタリナに礼をしつつ改めてやり過ぎた事を詫び、俺達はギルドを後にした。

◆

「待ちな！　見てたぜ新人、どうやったか知らねえが随分懐があったけえ……」

「今日は精神的に疲れた。そういうのいいから……」

「……強がんなよ！　いいか、今日は誰も助けちゃくれねえ。おとなしく金と女を置いて行くってんなら俺様も鬼じゃねえんだからよ。少々痛めつけるくらいで勘弁してやらんことも………」

ギルドの前でシンリ達一行を待ち構えていたのは、先日の一件で宿屋のアンナに邪魔をされ、その雪辱に燃える冒険者、自称『疾風』のアランとその仲間達であった。

彼らは近くにアンナがいないことをしっかり確認した上で待ち伏せ、声をかけたのだが……。

「リ、リーダー……」

「何だよ！」

「いや、もう……いないんだけど」

アランが周りを見渡すが、そこにはもうシンリ達の後ろ姿どころか影も形もありはしない。

「くっそおぉぉーっ！」

まさか獲物に『疾風』の如く逃げられるとは……。

怒りを向ける矛先を失った彼は、近くに積んであった木箱に蹴りを入れた。


「ちょっといいかい？」


そんな彼らに近づく一団があった。

人数にして十名ほど。そんな彼らの先頭にいるのはコートを着込んで頭をすっぽりフードで隠した茶色い髪の女性である。

「ああ！　なんか用か？　俺は今ムカついてんだ、気安く話しかけてんじゃゃ……」

「さっきの……シンリとかいう冒険者のことなんだがねえ？」

「……ほう」

その忌々しい名前を聞き、なんとなくだが状況を理解したアランは話を聞こうと彼女のほうを向いた。

「ふふふ。奴らを面白く思ってないのは、何もあんたらだけじゃないってことさ」

「いいぜ、その話詳しく聞こうか?」

そうしてこの二組の集団は、連れ立って街のいずこかへと歩いて行った……。

◆

「主様ぁ、一生ついていきもふ、ハフハフ……」

そう言って、至福の表情で口いっぱいにパンを頬ばるツバキ。

俺は彼女に約束したパンの最高の食べ方、チーズフォンデュをアンナに頼んで用意してもらっていたのだ。

冒険者登録の記念にと考えていたのに、まさか昇級のお祝いも兼ねるなんて出来過ぎた話だ。

テーブルには俺達と一緒にアンナの娘テスラも席に着き、ツバキと並んでチーズフォンデュを楽しんでいる。

二人が揃って、よいしょとパンをちぎり、んふふと笑いながら熱々のチーズをそれに絡めて、すぐ口に運んでアチチとリアクションを見せた後、一生懸命フーフーしてから食べてンフーッ! っと顔がほころぶ風景は、まさに破壊力抜群。

賑わう食堂の全ての客達が、うっとりと彼女達の様子に釘付けになっている。

それも仕方がないだろう。この可愛さはまさに反則級だ。今夜の彼らの酒は最高に美味いに違いない。

◆

翌日は久々に朝からギルドに出かけることにした。

朝のギルドの喧騒の理由がどうしても気になっていたからだ。

相変わらず戦争さながらの喧騒に包まれたギルドに入りその原因を探そうと見回せば、依頼書がいつもの掲示板をさらにはみ出て大量に貼り出され、通常の二倍ほどの量になっていた。そのどれもが急ぎや個数限定、高価引き取りといった通常よりも条件のいい依頼のようだ。

つまりこれらが夜の内にギルドで作成されて朝一番で貼り出される為に、彼らはそれを先を競って受けようとしていたのである。

「お兄様！　これ、これを受けましょう！」

その中から早速シズカが一枚の依頼書を剥がして持ってきた。

「えっと、何々ミノタウ……ラウノス？　なんかどっかで聞いたような微妙な名前だな」

「きっと同じですわよ！　この敵を倒す事によって、きっとお兄様はランクアップするんですわ！」

何かあったな、ミノタウロスを倒してレベルが上がるラノベ。もう別に俺のレベルは上がらなくていいんだが……。

「ミノ退治は、きっと重要なテンプレですわ！」

そう言ってシズカは譲る気がなさそうなので、俺達は依頼書を手にカタリナが受け付けている列に並ぶことにした。

◆

二十分ほど待たされ前のパーティが終わったので受付に近寄ろうとすると……。

「おっと、バカが順番を取ってくれて助かったぜ！　へへへ」

と、下品に笑いながら、やたら重装備で体格のいい男が俺の前に割り込もうとした。


「無礼者が！」

「順番は守らなきゃですよ！」


瞬間、動きをピタリと止め微動だに出来なくなっている男。

なぜならその男の首にはツバキの長刀の刃とアイリの槍の切っ先が押し当てられているからだ。

この男、なんか以前見た覚えがあるな……。

確か、初めてギルドに来た時に俺達を馬鹿にして笑っていた奴だったか。

「一つお前に聞きたいんだが、並んでいたのは俺達だよな？」

俺がそう聞くと、首があまり動かせないながらも男は懸命に頷いて同意を示した。

「だそうだ。シズカ、そっちも放っておきなさい」

男の背後では、彼を助けに動こうとした仲間達の前にハンマーを担いだシズカが立ち塞がり、その動きを牽制していたのだ。

「ぷっ、あれ『銀熊《ぎんぐま》重装団』の連中だろ?」

「リーダーのアンヘイルの奴ビビってやがる! いつも偉そうに威張ってるくせにだらしねえ! ひゃっはっは、あれでもCランクかよ」

そんな声があちこちから聞こえてきた。普段からあんな態度なのだろう、彼等はかなり嫌われているようだ。

「ゴホン! シンリさん、受付はしないんですか?」

「ああ、すいません。では、これを……」

すっかり悪くなってしまった列の流れを気にしたカタリナに促され、シズカが持ってきた依頼書を彼女に手渡した。

「えっと……これは牛体牛頭の魔物、ミノタウラウノスの角の採取ですね?」

「……は、はい。それでお願いします」

牛の体に牛の頭じゃまるっきりただの牛じゃないのか……。冥府の森にはいなかったが、一体どんな魔物なんだろう。

「ちなみに、ミノタウラウノスの肉は高級食材ですので、一緒に持ち帰る事をお薦めしますよ!」

「わかりました」

食材って……やっぱりただの牛なんじゃないだろうな。

岩山の洞窟を住処にしているらしいので、その大体の場所の説明を聞き俺達はギルドを後にした。

◆

「ア、アンへイル……大丈夫か？」

シンリ達が出かけた後のギルドの片隅では、先ほど彼らに絡んであしらわれた『銀熊重装団』の面々が集まって何やら話し込んでいた。中心でベンチに座るアンへイルのこめかみには血管が浮き出ている。それが、シンリ達がギルドを出て行くまでの間、彼が必死で怒りを押し殺していた事を何よりも物語っていた。

「くそがあぁぁ！」

もう堪えきれないとばかりにアンへイルは立ち上がり、手にした戦斧でベンチを破壊した。

「ちょっと、ギルドの備品を壊すのはお止めください！」

ギルド中に響いたその轟音に、何人かの職員が慌てて駆けつける。その中には休憩に入る為、窓口を離れようとしていたカタリナの姿もあった。

「きゃあ、ちょっと離してぇっ！」

カタリナに気づいたアンへイルは、彼女の胸ぐらを掴み自らの方へと力任せに引き寄せた。

「ちょうどいい。おい、あいつらは何のクエストを受けやがったんだ？　ああーん」

「そんな事、ギルドの職員として他言するわけには……ヒィッ！」

毅然とした態度を取ろうとした彼女の頬に、戦斧の刃が押し当てられる。

アンへイルはカタリナの綺麗なオレンジの髪を乱暴に握り、もう一方の手で彼女の顔に戦斧の刃をペタペタと当てた。そんな恐怖の中でも、彼女はギルドで働く職員としてのプライドから決して自ら口を割ろうとはしなかった……のだが。

「ああ、あいつらならミノタウラウノスの角取りだ。今頃洞窟目指して出発しているだろうさ」

そう言って近づいてきたのは『疾風旅団』を率いるアラン。彼等は昨日もシンリ達を待ち伏せたのだが、あっさりと逃げられてしまい、その復讐《ふくしゅう》の機会を伺ってギルドでのシンリ達の様子を盗み見ていたのだ。

「何のつもりだアラン？」

「ふん。あいつらの存在を面白く思っていない奴は、あんたらだけじゃないって事さ」

そう言うアランの後ろには彼のパーティメンバーを含めた二十人ばかりの冒険者が集まっている。

「へへへ、そう言うことなら、詳しい話を聞こうか」

アンヘイルはカタリナを乱暴に投げ捨てると、そう言って彼らと共にギルドから出て行った。

◆

「お、お兄ちゃん。これ……」

クエストに出発しようと門の前まで来たシンリのところへ、見知らぬ少年が駆け寄ってきた。

その子が言うには、顔を隠した男に俺達の特徴を聞かされ、ここで待って手紙を渡せと銀貨を一枚貰ったらしい。

「これは……！」

手紙の内容は、ただ一言『麦の香亭の娘をさらった』だけである。

だからどうしろとか、何をよこせとか、そんな要求が全く書かれてない手紙だが、俺達のせいでアンナ達に迷惑がかかるのなら放っては置けない。

とりあえず状況を確認するために、俺達は宿へと急いだ。


「はあ？　何言ってんだい！　テスラならほら、そこで洗濯物干してるよ」

俺達の話を聞き、やや呆れ顔のアンナ。

確かにテスラは中庭で元気に洗濯物を干している。うん、今日も元気いっぱいだ。

「それにアタシと旦那がついてるんだ。そうそう娘に手を出させるもんかね！　はっはっは」

確かに、この町で俺達以外でこの夫婦とまともにやり合えるのは、ギルド支店長のエレナぐらいだ。

エレナと秘書のミリアはかつて同じパーティに所属していたらしいので、この二人の連携も恐らくはかなりのものだろう。

手紙と誘拐が時間的に前後した可能性も考えたが、特に怪しい奴が近寄ってくる感じもない。

一応手紙をアンナに預け、用心するようにとだけ言い残して、俺達は再びクエストに出かけることにした。


門を出てしばらく進み、道中の草原で早めの食事を摂る事にする。

というのも、さっき宿に行った時に、報せてくれた礼だと言ってアンナ達から焼きたてのパンを貰っていたのだ。

まだほんのりと温かいパンからは香ばしい香りが広がっていて、もう全員我慢出来なくなったのである。

それにしても、魔物討伐に向かっているとは思えないほど緊張感のないパーティだ……。

「ああそうだ。そういえば馬車を忘れていたな……」

冥府の森で鍛え上げた俺達の脚力は並外れている。それは三人の中で一番遅いアイリであっても馬の全力疾走など比べものにならないくらいだ。

新しく加わったツバキも、意外なほど脚力が強い。もちろん俺達三人には及ばないが、体が軽いのもあってその速さはなかなかのものだ。

「だからと言って、常に移動が徒歩というのも、旅の風情がありませんものね」

「うん。先日のクエストである程度の予算が確保できたからな、明日あたりゼフを訪ねてみよう」

焼きたてのパンで満腹になった俺達は、少し休んで再び洞窟へと出発した。

◆

「おい！　この辺にいるミノ野郎はこんだけだろうな？」

「ああ、この人数で探したんだ。もし生き残りがいても洞窟の奥に逃げちまってるさ」

「違いねえ。ひゃっはっは」

ミノタウラウノスの住処とされる洞窟の内部はかなり広い。

歴史上、いまだかつてその最奥に到達した者がいないため、正確なことはわかっていないが、内部はまるで迷宮さながらの複雑な構造になっていて、より深い部分に立ち入るほど、そこにいる個体の強さが増していくという。

伝説では、その最奥には『王』と呼ばれる個体がいるとされているが、その真偽は定かではない。

とはいえ、その『王』のいるらしい最奥に向かうほど強く、逆に言えば洞窟入り口付近にいるのは、その奥での生存闘争から弾き出された弱者であると言えた。

王はもとより、奥に潜む強者がこの界隈まで出てくることは全くなく、入り口付近の個体ならC級冒険者を数人揃えれば倒せない相手ではない。

その肉は美味とされ、尚且つ巨大な角は薬などの様々な材料としても、また貴族らの嗜好品としても高く売れる。戦力さえ整えられれば、実は比較的美味しいクエストなのだ。

序盤部分をくまなく探し、彼らが見つけた個体は七体。それらを倒して死体を隠すことで、ミノタウラウノスを探してここに来るシンリ達を危険な洞窟の奥へと誘い込もうというのだろう。

「奴らが奥で殺されればよし。運良く出てきた時は俺達全員で……」

にやけるアランの目の前には合計二十七人の完全武装の冒険者達。その中には先ほどのアンヘイルの姿もある。

「あのガキぃ、絶対この俺様が真っ二つにしてやるぜ！」

「おい、こっちにまだ一匹いやがったぞ！」

その声にニヤリと笑ったアンヘイルは、声のした方へと急いだ。そこにいたのは四本の足と尻尾のある牛の体から人間のような上半身と両腕を生やし、左右に伸びた長い角を持った牛頭の魔物だ。立った高さは二メートルを超えている。これが一般に知られている標準的なミノタウラウノスだ。

「ほう、なかなか大きな個体じゃねえか。殺して捨てるのがもったいねえなぁ！」

そう言ってアンヘイルは、冒険者達がその両腕と頭を封じているうちに戦斧を振り下ろしてトドメを刺した。

戦斧から滴る血をペロリと舐めながら彼は呟く……。

「次はお前だ……シンリィィ！」

◆

「……と言っていました主様」

「ご苦労さま、ツバキ」

テスラの名を使った彼らの時間稼ぎや、俺達が早めの昼食を済ませてきたことを加味しても、馬を使う彼等との移動時間の差は如何ともし難いものだ。もちろん、こっちが圧倒的に早いって意味で。

到着した洞窟が随分騒がしかったので、影を移動出来るツバキに中の様子を見て来てもらったのだが……。

「罠に待ち伏せですか。シンリ様にそんな事する人達には、お仕置きが必要かも知れません」

「甘いわアイリ。お兄様、この洞窟ごと潰してしまいましょう！」

コクコク！

三人とも随分物騒だな。まあしかし、彼ら程度で俺達をどうこう出来るとは思えない。

「まあまあ、とりあえずは好きにさせるさ。それよりも『王』か、俺はそっちが気になるな」

「お兄様を差し置いて魔物の王を名乗るなんて、ミノタウラウノスだけに……ミノほど知らずですわね！」

ドヤァと胸を張るシズカ。いやあ、それはないわー……。

俺達は無言で洞窟入り口に向かった。

「いや、ちょっとお兄様？　アイリ達まで！　もう、お待ちになってぇ！」

洞窟内に入ると、すぐにあちこちから匂ってくる血の匂い。

それに岩蔭《いわかげ》などから漂ってくるのは、隠れている冒険者達が発する濃密な殺気だ。

「罠を仕掛けるのに時間がなかったとはいえ、随分お粗末な待ち伏せもあったもんだな」

「主様、始末……する？」

そう言ってツバキが俺の影の中から話しかけてくる。

「いいや、警戒だけでいい。さっきの話だと奥に向かうぶんには襲ってこないらしいからね」

コク！

「それにしても、意外と広いな……」

（どうするシンリ。精霊を使って内部を調べることもできるけど？）

「ありがとうミスティ。でも、もう少し洞窟探検を楽しむとするよ。帰り道だけは把握しといて」

（もう、シンリったら子供みたい。わかったわ。ただ、あと一つ報告があるの）

「どうした？」

（入り口から、もう一つ別な集団が入って来たわ。外にも隠れていた一団がいたようね）

「わかった。一応警戒しておく」

状況から考えれば、別の冒険者がクエストに来たという可能性は極めて低い。

だとすれば、彼らの仲間であると考えるのが妥当だろう。

「どうしたんですのお兄様？」

「いいや、待ち伏せの人数が増えそうだって話だよ」

「あんなゴミが何百人集まろうと、お兄様に傷一つ付けられませんでしょうに。ミノほどをわきまえて……」

「さあ、先に進もう！」

「ちょっとお兄様ぁ！　それは冷たいのではなくてぇ……」

うん。一度相手にすれば、このシリーズは続きそうだ。無視だ、無視。

この浅い部分は大して複雑ではなかったのだが、単純な行き止まりなどが多く、俺達は行ったり戻ったりを繰り返しながら、なんとか奥へ続くらしい通路を発見した。

「ここからは、少し空気が違っているな……」

その通路の奥からは、先ほどまでの血の匂いではなく、威圧にも似た強い気配とむせ返るような獣の匂いが感じられる。

ここからがいわゆる未踏地域。長く冒険者達の侵入を拒んできた奴らの領域なのだろう。

「俺が先行する。ツバキは影の中で待機。続いてアイリとしんがりをシズカで進むぞ」

「了解です、シンリ様！」

コク！

「了解ですわ。各自ミノ安全を……」

「行くぞ！」

「ぐっ……」

通路を抜け奥へと進むと、明らかに俺達を警戒する強い気配がざわつき始めた。

そうして進むこと数分。ついに最初のミノタウラウノスが、その姿を見せる。


ブモオオォォォー！


通路を曲がった先に、まるで先にはいかせぬと道を塞ぐようにしてそいつは立ちはだかった。

身長は二メートル以上。下半身は四本足の牛のそれだが、その頭の位置から人間のような上半身が伸び、太い二本の腕には棍棒《こんぼう》のようなものを握っている。威嚇するようにこちらを睨む頭部は牛そのもので、特徴的なのは頭の左右に水平に伸びたあまりにも太いツノだろう。

「武器を使うとは聞いてなかったが、概《おおむ》ねツバキの報告通りだな」

そう言って影から上半身だけを出すツバキの頭を撫で、俺は一人で前に出た。

「さて、お手並み拝見といこうか」

その言葉を合図にしたかのように、目の前の個体は猛烈な勢いで俺に迫り、手にした丸太のような棍棒を振り上げる。

俺はその場から動かずに、ただ顔の前で両手をクロスさせ、その一撃を受け止める体制を取った。

次の瞬間、その両腕に鈍い音とともに激しい衝撃が響き、足がややぬかるんだ地面に少し沈む……。

「うん。いい一撃だ。贅沢を言えば、もう少し踏み込んで体重を乗せなきゃねっと！」

俺がそう言ってクロスさせた両腕を跳ね上げると、上に乗っていた大きな棍棒が軽々と飛ばされ、それを握っていた個体は勢いに押されてよろよろと数歩後退する。

「アイリ、ツバキ、二人に任せる。これならいい訓練になるだろう。ただし棍棒の一撃は重いから気をつけて」

「了解しました、シンリ様」

コクコク！

再び棍棒を構えた個体に向かって駆け出した二人と入れ替わり、俺はゆっくりとシズカの位置まで下がっていった。

「どうでした、お兄様？」

「うん、冥府の森で暮らせるようなレベルではないが、ツバキに魔物との戦闘の経験を積ませるには、ちょうどいい相手だろう」

魔物は、人間にはない特殊な能力や普通では全く思いつかないような動きや反撃を仕掛けてくることがある。

暗殺稼業で対人戦に関しては数多くの経験を積んでいるツバキだが、今後のことを考えれば、今は少しでも多くの魔物と戦闘し、その経験を積んで欲しいのだ。

アイリもそこはわかってくれているようで、適度に牽制を入れながら動き回り、基本的にはツバキのアシストに徹している。

「よし、ツバキちゃん止めを！」

コク！

アイリがミノタウラウノスの足の腱を切り、体勢が崩れたところを洞窟の壁の影からツバキが飛び出して、その首を難なくはね飛ばし、最初の戦闘はあっさりと決着した。

「お疲れ、まあ二人の敵ではなかったようだね」

「ありがとうございます」

コクコクコク！

俺はその個体の頭と体を魔眼に収納し、さらに奥へと進むことにした。

「強くなるとこうなるのか……」

その後同様の個体を二人に倒させつつ奥を目指した俺達の前に、今度は先程より一回り体つきの大きな個体が姿を見せた。

感じる威圧感も漲る気も、さっきまでの個体とはレベルが違う。

そしてなにより……。

「手が増えましたわね」

「四本ありますぅ！」

コク。

そう、目の前の個体には腕が四本生えていたのだ。

入り口付近の個体を下位。さっきまでの武器を持った個体を中位とするならば、この四本腕こそ上位個体ということになるのだろう。

「二人とも、わかっていると思うがさっきまでのとは別格だ。気を引き締めていくように」

「はい」

コク。

そう言って俺のそばを離れ、それぞれに上位個体に向かう二人。

アイリは正面から槍で牽制しつつ敵を翻弄し、影に潜ったツバキがその常識外れの移動術を駆使してあらゆる方向から攻撃を仕掛けていく。薄暗い洞窟内部は当然『影』が多く、その中を自在に動き回るツバキは絶対的なアドバンテージを持っていることになる。

今後、各地で迷宮などに挑むことになった場合には、頼もしい斥候役《せっこう》になってくれるに違いない。

やや時間はかかったが、そんなことを考えているうちに勝負は決着し、二人は上位個体を撃破した。

◆

「あんたたち、奴らが中に入ったってのは間違いないんだろうねえ？」

ここは、洞窟の入り口からそう遠くない場所にある開けた空間。

そこには、先行して身を潜めていたアンヘイルら冒険者二十七人に加えて、後から入ってきたココアに率いられた配下を加えた四十人以上が集まっていた。

「ココアさん、奴らが奥に行くのは確認したぜ。間違いねえ」

そう言って、彼女にすり寄って行くのは、自称『疾風』のアラン。

「手を組むってのは納得したが、あいつをぶった切るのは俺だからなぁ！」

手にした斧を握りしめ、威嚇するような視線を向けるのは『銀熊重装団』を率いるアンヘイルだ。

「わかってるって。誰が殺ったっていいんだよう。ようはあのシンリとかいうガキがくたばりゃあいいのさ」

「へっ、わかってるじゃねぇか」

そんなココアの答えを聞くと、アンヘイルは満足そうに戦斧を肩に担いでにやけて見せた。

彼の後ろ姿を見ながらココアは口角を吊り上げる……。

（くっくっく。バァーカが、お前達みたいなゴミ冒険者なんざ、このココア様があてにするもんかね。せいぜい利用させてもらうよ）


すぐに洞窟の一部に何やら描き始めたココアの配下達。

それが完成すると、彼女は冒険者達をその場に呼び寄せる。

「集まっとくれ、今から私らで大規模な魔法の発動を始めるよ。巻き込まれたくない奴は、この防御の魔法陣に入るんだ！」

そう言う彼女の指示で、冒険者二十七名はいそいそと今描かれた魔法陣の中へと入っていった。

「全員入ったね、じゃあ始めるよ！」

彼女の合図で、魔法陣を取り囲んだ彼女の配下『幻影魔法団』による呪文詠唱が開始される。

「おお、こりゃすげえ！」

「はっはっは、待ってろよシンリィ！」

その途端に淡く輝き始めた魔法陣の中で、アンヘイルやアラン達はまだ見ぬ魔法にやや興奮気味だ。

だが、彼らはまだ知らない……。

その魔法が、自分達の『命』を生贄として発動しようとしていることを……。

◆

「お兄様、この『霧』はまさか……」

あれからも徐々にその強さを増すミノタウラウノス上位個体を倒しながら、奥へと進んでいた俺達。

その最後尾にいるシズカが後方より流れてくる怪しげな『霧』の存在に気がついた。

水分を含まず、ただ視界のみを覆い隠そうとする不自然なそれを、彼女は誰よりも知っていたがために、すぐにそれが例の偽吸血鬼の一団が使用した幻惑魔法の一種であることに気づいたのだ。

「さっきミスティが言っていた後続の一団は、恐らくシズカが退治した盗賊の残党だったんだろう」

「懲りない連中ですこと。記憶を消さなければよかったのかしら！」

とりあえず、この迷路のような洞窟内という環境で霧によって完全に視界を奪われる事態は避けなければならない。

「とにかく、ここは一旦……」

引き返そう。そう言おうとした時……。

突然俺達のいる通路の壁が轟音とともに崩れ落ちた！

「くっ、みんな無事か？　いったい何が……」

「お兄様、あれを……」

「シンリ様、壁の向こうに大きな何かが……」

俺達は、いつの間にかこの洞窟の『王の間』のすぐ隣まで来ていたのだろう。

壁の向こうにあったのは洞窟内とは思えないほど天井が高く、広い空間。

壁のすぐ側には、たった今壁を破壊したと思われる三メートルを超す大きな上位個体がいて、その手には巨大なハンマーが握られている。

だが、俺達の目を釘付けにしているのはそいつではない。

さらに奥の、ちょうどそのホールの中央辺りに立つ、あまりにも大きな個体。

それはこれまでの個体とは、明らかに次元が違う存在。恐らくはあれが伝説の『王』なのだろう。

身長は優に五メートル以上あり、彼らの上位種の証たる腕は左右三本ずつの計六本。

頭の両側に伸びたその角は一本が人間一人分ほどの大きさで根元には装飾の付いた金の輪がまるで王冠のように付いていた。


ブモオォォォォォウッ！


天を仰ぎ、洞窟中に響くような声で雄叫びを上げるミノタウラウノスの王。

「お兄様、いかがですの？」

「うん。今のツバキにはちょっと荷が重い。こんなところで冥府の森クラスの魔物に遭うなんて意外だったよ」

俺達がそんな会話をしている間も、その王たる魔物は部屋の中心に堂々と立ち、いきなり襲いかかるでも興奮して暴れるでもなく微動だにせずにこちらが動くのを待っている。

その風格と威厳はまさに王者。そして誇り高き戦士のようでもあった。

「シズカ、二人を頼む。ここは俺が行く」

「いいえシンリ様。ここは私に行かせてください！」

そう言って前に出ようとした俺の前に、アイリが立ち塞がった。

森に来た当初は、大人しく人見知りで、いつもおどおどしていたアイリ。

しかし、今でこそ同族のほとんどが農耕などをして暮らしているが、彼女の種族の本質は誇り高き戦士たる狼。

俺達との修行の日々で徐々に彼女の内に眠る種族としての本能が呼び覚まされており、今では彼女も立派な戦士なのだ。

王たる魔物の誇り高きその態度と雰囲気に、彼女の戦士としての血が否応なく刺激されたのだろう。

「わかった。この場はアイリに任せる」

「ありがとうございます、シンリ様！」

俺に深々と頭を下げて、王たる魔物の前に歩み出たアイリ。

王もまた彼女が一級の戦士である事を感じ取ったのか、二人は部屋の中央に進み出て対峙した。

室内には、さっき壁を破壊したような大きな上位個体が数体いたが、彼らは壁際でじっと動かず、二人の戦いを見守るようだ。

これまでの戦いで、ミノタウラウノスの攻撃パターンはわかっている。

両手に持った武器による攻撃と、強力な脚力と巨大な体を利用した突進だ。

王もやはり、他の者同様二本の手には棍棒。そして二本には、あちこち欠けて削れてただの金属板のようになってしまった大剣を持ち、残る二本は素手である。

対してアイリは、間合い自在の俺特製の槍。この槍への反応と互いの間合いの攻防が勝敗のカギとなりそうだ。


「伸っ！」

先に動いたのはアイリであった。彼女の持つ槍が突然伸びて王の眼前にいきなり迫る。

「まさか、あれに反応するなんて……」

シズカが驚いてそう呟くのも無理はない。

伸縮樹で作った柄による独特の突き。それを王は難なく躱してみせたのだ。

そして右の前足で二度ほど土を蹴ると、今度は猛然とアイリ目がけて突進する。

しかし、やはり速さでは身軽なアイリが一枚上だ。

素早くその突進を避けて宙を舞い、彼女はもといた場所の反対側に着地した。

開始位置を互いに入れ替えた状態で睨み合うアイリと王。

熾烈《しれつ》な戦いは、まだその幕を開けたばかりだ……。

◆

ココア達はかつて奴隷を使っていた魔力供給の人間電池の役割を、この愚かな冒険者達にやらせているのだ。

発動した魔法陣の中で苦しみもがくアンヘイルと冒険者達。

「ぐはぁ！　く、くそが裏切りやがったのかてめえ！」

「助けてくれ、ぐあああ！」

「うわあぁぁぁぁ！」

「麻痺の魔法を施したってのに、よくまあそこまで喋れるもんだね。それとも図体がでかいと効きにくいのかねえ。あっはっは」

「ふざけるな！　これじゃあ約束が違う」

悲痛な声を上げるアラン。だが、魔法陣の外からココアは、まるでゴミか害虫を見るかのような目で見下ろし言い放った。

「騙される方が悪いのさ。あんたらみたいなゴミがこのココア様の役に立って死ねるんだよ、むしろ感謝して欲しいね！」

そう言って彼女は、興味が失せたとばかりに背中を向ける。

「それで、こいつらから奪った魔力はどんな感じだい？」

「はい、やはり以前使っていたあの奴隷には遠く及びません」

「ああ、ありゃあ拾いもんだったからねえ。何のいうことも聞かないが魔力だけは馬鹿みたいに持ってやがったし……」

彼女は、かつて奴隷商を襲って奴隷を奪ってきた時に、ついでに攫ってきた十個の隷属の首輪を身体中に付けられた醜い大男のことを思い出す。その男は、ろくに歩かせることも出来ない役立たずだったが、搾り取れる魔力の量は、とても常人の規模ではなかったのだ。

「それでも、死ぬまで搾ればなんとか『霧』の維持と最後の『崩壊』まではいけそうです」

「ああ、それなら構うこたあない。全部搾り取ってやんな」

「はいココア様！」

彼女はそう言って洞窟の天井を見上げる。

「待ってなシンリ。あんたはこの霧の洞窟で崩落した瓦礫《がれき》の下敷きになって、そこらの牛もろともくたばるのさ！　あっはっはっは……」

彼女の甲高い笑い声は、いつまでも洞窟内に響いていた……。

◆

アイリと王の攻防はまさに一進一退。

アイリがロングレンジから攻撃を放てば、王はそれを躱してすかさず間合いを詰める。

間合いに入ると、今度はその六本の手を使った激しい連撃がアイリに襲いかかるのだが、彼女もまた冥府の森での経験を生かしてそれらをどうにか捌《さば》いているのだ。

両者の実力は、まさに拮抗《きっこう》しているように見えた。

「クロや俺達と修行してきたアイリと、ここまでやり合うなんて」

「ええ、お兄様。結果は神のミノ知るところですわね」

「……いや、それはさすがに雑すぎるだろ」

「……すみません、お兄様」

そんな外野のくだらない会話をよそに、戦いはさらに激しさを増していく。

「疲れが出始めてきたな……」

戦い始めて、およそ三十分。ここにきて両者にはやや疲労の色が見え始めている。

「ええ、少々アイリが押されてきているようですわ」

突進と連撃を交えながらも、その強靭な肉体を盾に防御主体の戦法を取る王に対して、突進から逃れて距離を稼ぎ、また連撃を回避するためにも終始トップスピードを維持しなければならないアイリ。

一撃でも貰ってしまえば致命傷になるアイリにとっては、それは仕方のないことなのだが、互いの力量が拮抗しているが故に、それは徐々に明確なハンデとなって彼女の体力を奪っている。

「まずいな。捌ききれなくなってきたぞ」

動きの鈍ってきたアイリに対して、勝機と見たのか王からの激しい連撃が襲いかかる。

防戦一方のアイリ、彼女は視界に一瞬捉えた王の額目がけて、連撃を断つべく起死回生の一撃を……。

「ダメだアイリ、それは誘いだ！」

パキィィーン！

「え……？」


何が起こったのかわからず、一瞬アイリの思考が停止する。

その隙を王が見逃すはずもなく、彼女の体は王の拳による一撃で壁まで吹き飛ばされていった。

「かはっ！」

「アイリィィ！」

彼女の名を叫ぶ俺の視界の先では、ふらふらとしながらも立ち上がるアイリの姿があった。


（……いったい、何が……？）

壁に激突した彼女は、朦朧《もうろう》とする意識の中でさっき自らに起こった事態を思い出しているようだ。

（槍に魔力を込め、伸びろと念じた。王の額までの距離は約一メートル強、回避は不可能……）

そこで彼女の記憶の中を横切る巨大な影……。

（……これは、奴の角……か？）

王は、わざと額に隙を作って誘い込み、頭を振ってその丈夫な角をぶつけ、彼女の槍の穂先を粉砕したのだった。

（待って……槍を？　シンリ様が手作りしてくださった槍を…………壊した、だとぉ！）

ブチッ！

瞬間、彼女の雰囲気が一変した……。

王は、壁に打ち付けられてなお、ふらふらと立ち上がったアイリに向かって、止めを刺すべく低く身構えて突進の体勢をとった。

今の状態で、あれを食らえば重傷は免れまい。ここまでか……そう考えて顔を伏せ再び顔を上げると、そこには、何かに怯えてガタガタと震えるツバキの姿があった。

「どうしたツバキ……」

彼女が答えるより早く、その理由ははっきりとこの目で捉えることが出来た。

突進していく王の姿がアイリごと壁に衝突するかと思われた瞬間、それはがっしりと何かに受け止められピタリと止まってしまったのだ。その向こう、アイリがいる辺りから立ち上る黒いオーラ。

あれは、前にも見た覚えがある……。

「槍を壊したのは、貴様かあぁぁぁっ！」

声は確かにアイリのもの。だが、いつもの優しくのんびりとした印象は微塵も感じられない。

「ヤバい。キレたな」

「ええ、お兄様。キレてしまいましたね」

ブルブルブル……。

普段は優しいアイリ。彼女は特訓中であっても相手の魔物の体さえ心配するような場面が多く見られた。

だが、彼女はキレると相手の状態はおろか、自らの体のことさえ忘れてしまい、ただの破壊の鬼と化してしまう、そんな一面を持っている。

初めてキレたアイリを目の当たりにしたツバキなどは、ただ震えながら俺の足にしがみつくのが精一杯だ。

「ウオオオオオオオオォォォォォ！」

強烈な王の突進を、受け止めただけでも十分異常な事態である。

だが、がっしりとその体を掴んだアイリは、裂帛《れっぱく》の気合いとともに、なんとその巨体を持ち上げ始めたではないか。

「おいおいおいおいおい」

「いや、それはさすがに無理ですわ」

ブルブルブル……。

しかし次の瞬間、王の巨体はまるで放り投げられるようにして横から地面に激突した。

ズズンとまるで地揺れのような振動を起こして転がった王の姿。だが、アイリの怒りはそれだけでは収まらなかったらしい。

「この角か、この角かぁぁぁーっ！」

倒れ込んでいる王の頭。その両側に生えた太い角の一本をアイリが全身で絞め上げる。

「槍を壊したのは、この……角なの……かあぁぁぁーっ！」

ボギンッ！


「嘘……だろ」

「嘘、ですわよね？」

「ひいぃぃ！」

まるで腕関節を決めるかのような体勢で、アイリはその自分の体ほどもある大きな角を、力任せに根元からへし折った！

うん、アイリさんは、絶対怒らせないようにしよう。その瞬間、誰もがそう心に誓った……。

◆

「姉さん、魔力は貯まった。いつでもいけるぜ！」

霧が洞窟内に流れ込んでいく様子を眺めていたココアのところに手下が報告に訪れた。

洞窟の規模が大きかったので、あの人数でも本当に死ぬまで搾り取らなければ魔力が足りず、吸い上げにかなり時間がかかったのだ。

「随分と時間を無駄にしたね。だが、どうせ奴らも洞窟内で彷徨っているんだ、死ぬことにはかわりないからねえ」

ココアは、かつてある国家のお抱え魔導師を務めたこともある優秀な魔法使いであった。平民出身である彼女が貴族や高い地位である者にしか許されていない『家名』を名乗っているのはその名残りだ。

催眠や幻覚などの初歩の『闇属性』魔法ばかり多用する彼女だが、その専門は類《たぐ》い稀な実力を持つ『土魔法』。

『幻の村』で使われていた、手で触ることが出来る家屋などは、彼女が土魔法で一時的に作り出したもの。

無論、明るい場所で見たならお粗末極まりない雑なものだが、あの深い霧の中でなら十分本物の家に見えるだけの代物であった。

しかし、土魔法は魔力の消費が著しい。それは多くの物や巨大な物を作り出そうとすれば、相応の魔力が必要だし、込める魔力が足りなければそれ自体が脆くなってしまうからだ。

巨大建造物の製作こそ、土魔法使いのロマン。だが、より大きなものを作るには自分一人の魔力では限界がある。

そこで彼女が試行錯誤《さくご》の果てにたどり着いたのが『人間を魔力の供給源として使う』という恐ろしい理論だったのだ。

王に内緒で罪人を使い、その実験を強行しようとした彼女は、すぐに国家により拘束され幽閉された。

その牢から土魔法で脱走した彼女が、逃走の旅の果てに流れ着いたのが、他人の命など何とも思わない、この盗賊団という居場所なのである。

「さあ、久しぶりに派手にイクよ！」

魔法陣に手を当てながら、彼女が詠唱を始めると洞窟のさらに上、ちょうど山肌の部分に三つのオレンジ色の巨大な魔法陣が浮かび上がった。

使う魔法は『崩壊』。これは彼女が作ったオリジナルで、立っている敵兵の地面を揺らすだけの魔法『地震《アースクエイク》』を進化させ、より強い複数の波動を互いにぶつけ合うことで地面そのものを文字どおり崩壊させてしまうものだ。

普通の地面で使えば、地面の表層を荒らす程度にしかならないが、ここは洞窟。下が空洞で崩れやすいため、これを人間電池で高めた魔力で行使すれば、天井を狙って崩落させることも可能なのである。

山肌に現れた魔法陣は、一瞬ぱあっと明るく輝き、そのまま下の地面に吸い込まれるようにして消えた。

そして、魔法陣の消えた地面からは、徐々に小さな振動が広がり始める……。

◆

槍の仇《かたき》であるツノをへし折ったアイリは、何事かブツブツ呟きながら壁際に残してきた槍の柄の場所を目指して歩き出した。

もとより目に見えて疲労していた体、そこからさらに限界以上の力を無理やり引き出したのだ。

足元はおぼつかず、もはや立っているのがやっとの状態である。

その背後に、ゆっくりと立ち上がる巨大な影が一つ。

投げられ、角をへし折られたとはいえ、そのどちらも見た目の派手さに反して、致命傷になるようなものではない。

アイリの背中に向けて突進の構えを見せる王。当のアイリは満身創痍《まんしんそうい》。もはや勝負は決したと言えるだろう。

俺は迷わず戦いの場に割って入り、前のめりに倒れそうだったアイリを優しくその腕に受け止めた。

「大丈夫か、アイリ？」

「う……あ、シンリ様。槍が……槍が」

呟くように話しながら、アイリの意識はそこで完全に途切れた。

俺は、ぐったりとしたアイリをシズカに預け、俺達の動きをじっと静観している王の前へと歩み出る。

「いい戦いだった。出来ればお互いに傷が癒えた時、彼女と再び……っ！」

ゴゴゴゴゴゴゴ………。

再戦をしてみる気はないか？　彼にそう持ち掛けようとしたその時だった。

「お兄様！　これはまさか！」

「主様、洞窟が揺れてる！」

突如感じられた強力な魔力の気配。その直後、洞窟から体に振動が響いてきた。

足下、いやこの洞窟全体を微弱に震わせるこの振動。俺は、ある記憶の中でこれに似た現象を体験したことがある。

「シズカ、これは間違いない。すぐに激しい揺れが襲ってくるぞ！」

「しかしお兄様、ここでは逃げ場などありません。まさか洞窟内で……『地震』に遭うなんて。最悪ですわ！」

さっき一瞬感じたのは、魔法発動の兆候で間違いない。だとすれば、一見地震の初期微動のように感じるこれは、恐らくは魔法発動までの予備動作。

発動したのは三つ。その震動波が互いに干渉《かんしょう》したなら、この洞窟などひとたまりもない。

だが、その結論も時すでに遅く……。

「お兄様！　来ましたわ！」

「主様ぁっ！」

その場に立っていることが困難なほどの激しい揺れが、ついにこの洞窟全体を揺さぶり始めた。

響き渡る地鳴りと、続く複雑な激しい揺れ。それは震源が一つではないことに起因した、かつて経験したことのない異常な揺れ方である。

シズカは、不死である自らの全身を使ってアイリとツバキを守ろうと、彼女達に覆いかぶさった。

だが、相手は崩落する巨大な岩盤。その圧倒的な質量は容赦なく彼女の体を押しつぶし、そのまま下の二人まで易々《やすやす》と到達するだろう。


ピシ！　メキメキメキ……！


揺れ始めから数秒。未知なる振動にさらされた天井の岩盤から、最悪の事態の始まりを告げる異音が鳴り始めた。

次の瞬間には、王の間の大きな天井に無数の亀裂《きれつ》がみるみる広がり、そしてついにその全ては巨大な凶器となって俺達全ての頭上に降り注ぐ……。


『……願わくば、君が手にする強さが、未だ見ぬ大切な誰かを、守るための強さでありますように』

刹那……鮮明に蘇《よみがえ》る、あの日の師匠の小さな呟き……。

「わかってる。俺はこの大切な者達……俺の『家族』を守ってみせる」

崩落を始めた洞窟の天井部分は、幾つもの巨大な瓦礫と化して降り注いでくる。

王の間の中心に立った俺は、左目の眼帯を外してそれらを見上げた……。

「俺は絶対にお前らを守ってみせる！　さあ、全て喰らい尽くしてしまえ【暴食眼《ベルゼブブ》】！」

魔眼が発動すると、まるでそこに局地的なハリケーンでも発生したかのように巨大な瓦礫群が渦を巻き始め、それらは次々とその中心である俺の左目の中へと吸い込まれていく。

「があぁあっ！　もっとだ、もっと！　この全てを！」

瓦礫はそれぞれが大きく、一つでも逃して命中させたなら、シズカ達も無事では済まないだろう。それに、せっかくアイリ達のいい訓練相手になりそうだったんだ。王を含めたミノタウラウノス達もこのまま見殺しにするのはあまりにも惜しい。

俺は、さらなる魔力を魔眼に注ぎ込み、王の間の天井だったもの全てを喰い尽くすつもりで魔眼を使い続けた……。

◆

「ココア様、大変です！」

「ちっ、魔法の制御中だろうが。話しかけんじゃないよ！」

魔法陣に向かって両手を伸ばし、発動した魔法の制御に集中していたココアの下に、洞窟入り口を見張らせていた男が駆け寄り声を上げた。だが、他人から得た膨大な魔力の調整に加え、同時発動させた三つの魔法の制御は、彼女の技量をもってしても決して簡単な作業ではない。苛立ち交じりに部下を怒鳴りつけた彼女は、すぐさま目の前の魔法のみに意識を集中させようとする……だが。

「ほう、なかなか高度な魔法を使っているじゃないか。盗賊にしておくには惜しい技術だよ」

「…………チッ！」

ココアが目だけを動かして声のした方に視線を向けると、そこには同じ魔法使いらしい真紅のローブを身に纏った女が一人立っていた。

「見たところ、ご同業のようだけど……今は手が離せなくてね。とりあえず……死んでちょうだい！」

彼女の指示で、魔法陣の周囲で警戒に当たっていた男達が二人、同時ににローブの女性に斬りかかる。

「させません！」

そんな彼らは、その女性の背後から現れた、もう一人の女性が持つ大剣によって横薙ぎに払われ弾き飛ばされた。

「そういう訳にもいかないんだよ。何せ貴女が今魔法を向けている相手こそ、私のご主人様なのだからね」

「訳のわからぬことを……お前達、相手は二人だよ。とっとと殺っちまいな！」

震源を洞窟の最奥であろう部分に設定し発動しているとはいえ、その振動は今やこの洞窟全体にまで広がりつつある。

彼女がいる場所もまた、入り口付近とはいえその内部だ。ある程度、術の効果を維持した後は、ココア自身も外に避難する必要があった。正直、このような乱入者に手間取っている時間的余裕などありはしないのだ。

乱入して来た彼女達、エレナとミリアにココアの部下達が次々攻撃を仕掛けていくが、それらは全て盾にもなる一枚の金属板のような特殊な形状のミリアの大剣に阻まれ、押し返される。

そうして攻めあぐねている間に、その後ろでエレナの魔法が完成した。

「待たせたなミリア」

「遅かったわね。腕が落ちたのかしらエレナ」

「ふん、素が出ているぞ秘書殿」

「いいからさっさと終わらせましょう支店長様」

ミリアが魔法の射線から体を避けると、そこには炎で形作られた『弓』を構えたエレナの姿があった。

「賛成だ。くらえ『火矢散弾《フレイムバレット》』！」

彼女がその、矢の番《つが》えられていない弓を引き絞って手を離すと、そこから無数の炎弾が撃ち放たれ、ココア自身はもとより、配下も魔力供給用に維持していた魔法陣さえも次々撃ち抜いていく。撃ち抜かれた魔法陣はパリンと甲高い音を残してその輝きを失い、制御していたココアが倒れたために、洞窟の振動も嘘のように消えて無くなった……。

「な、こんな……私の……」

「いいから寝てろ！」

「ぎゃふんっ！」

魔法陣や自らにかけてあった防御魔法を軽々と破壊された挙句、完璧に壊され自らも重傷を負ったココアは、地に這いつくばりながら信じられないといった様子でエレナを見上げる。

何か言いたげな彼女であったが、エレナに頭を踏まれ、そこで意識を失った。

「ミリア、人手が必要だ。外に待たせている者達を呼んできてくれ。あと、馬車も入り口近くに寄せておくようにと」

「わかったわ。貴女も気をつけるのよ」

「私にそれを言うのか？」

「あら失礼、『精霊姫』のエレナ様。ふふふ」

そう言って走っていく戦友の姿を見送ったあと、彼女は目の前に広がる惨状に目を向けた。

自分の魔法攻撃で無力化された者達の他に、まるで魂を抜かれたような状態で転がっている多くの冒険者達の姿。

その中には、今朝の一件で職員のカタリナから報告があったアンヘイル達の姿もある。

「人を呪わば……といったところか。馬鹿なことを考えた挙句、それをあの女に利用された……と」

視線を移し、首謀者と思しきココアの姿を見るエレナ。

「禁忌《きんき》であるはずの、他人を使った魔力の供給。……こんなものは、おいそれと公表は出来んな。報告書にどう書いたものか……」

このような方法が実際に使われたという事実を世間に知らしめるのは、決して世のためにならない。

魔法に携わる者にとって、自らの魔力量の限界というのは、魔導を極めていく中での最大の問題点となっている。それをこのような方法で解決した実例が知れ渡れば、その先に待つ悲劇は子供であっても容易に想像出来よう。

彼女は、この事実に関しては自分とミリアの胸の内にしまっておくべきだと、心に決めるのだった。

「どうか……無事でいてくれ我がご主人様よ」

そう言って彼女は、シンリ達の無事を心から祈りながら、薄暗い洞窟の奥をいつまでも見つめていた……。

◆

カラン！　コロコロ……。

つい先ほどまでの出来事が嘘であったように静まり返った洞窟内部。

小さな小石が、静寂に包まれた王の間の床に当たって跳ね、転がっていく。

「終わった……のか……」

突然、ピタリと止んだあの激しい地震。

入り口近くに迫っていた幻の霧も消え失せており、ぽっかりとその天井を失った王の間には、夕焼けの赤い光が幾筋もの光の線となって射し込んでいる。

「シズカ、皆は？　誰も怪我していないか？」

そう言って彼女達の方を見ると、顔を上げたシズカは親指を立ててそれに答えた。

みんなの『ミノ』安全はワタクシが守りましたとか言っていたが、そこはもうスルーしていいだろう。

周りを見渡せば、王を含めたミノタウラウノス達にも大きな負傷は見られないようだ。

「しかし、急にどうして……？」

(助っ人が来てくれたみたいよ)

あまりにも突然に魔法が消えたことに警戒していると、ミスティが俺にそう告げた。

「助っ人？　いったい誰が、俺達以外にそんな……」

(まあ、そこは自分の目で確認しなくちゃ面白くないんじゃない。ふふふ)

そう意味深に笑うと、ミスティは治療のためにアイリの元へと向かう。

アイリの治療の後、ミスティに頼んで王のツノを治し、また怪我をしていたその配下も治療した。

彼らを冥府の森に連れて行って保護する方法も考えたのだが、彼らにとってはここそが故郷なのだ。

また、手合わせしてくれないかとの俺の問いに、王は静かに頷いて、配下とともに洞窟のさらに奥へと去っていった。

「さて、俺達も帰るか？」

「そうですわね、お兄様」

コク！

俺は、気を失っているアイリを背に乗せ出口にを目指した。

道中、何箇所か崩落によって道が塞がれていたが、シズカと協力して瓦礫を避け、ミスティとツバキによる先導にも助けられつつ洞窟入り口近くまで戻ってくることが出来た。

「お兄様、この戦闘の後は……？」

「ああ、ここで誰かがあの盗賊の女魔法使いを倒してくれたんだろう」

床や壁にはまだ新しい血の跡や、焦げたような跡が幾つもあって、つい先ほどまでここで戦闘が行われていたのは間違いない。

「だが、遺体の一つも見当たらないのはなぜだ……」

俺達は、おそらくその答えが待っているであろう洞窟の外へと向けて、再び歩き出した。


「シンリ殿！　おお、やはり無事であったか！」

洞窟を出た俺達を、その答えである人物が出迎えてくれた。

魅惑的な身体に赤い軽鎧を付け、上から真紅のローブを纏ったエレナ。

そして水色の全身鎧を着込んで、異様な形状の大剣をその手に持ったミリア。

その後ろに見えるのは、よく朝の混雑時以外にホールで見かける数人の冒険者達だ。

「エレナ、ギルマスがこんな……」

「シンリさん、ごめんなさい！　私が……」

そう言って泣きながら俺に飛びついてきたのは、受付嬢のカタリナである。

彼女は、すぐに俺達がギルドを出発した後の成り行きを話してくれた。

「……それならカタリナさんは悪くない。むしろ被害者じゃないか」

あんな怖い目に遭っておきながら、俺達のクエストの情報が漏れた事を気にかけ、彼女はそれを支店長であるエレナに報告した。それを受けてエレナは装備を整えミリアと共に俺達の助太刀をするべく駆けつけたのだ。

個人的な助力が出来ない立場もあって、事が露見した時の事を考慮し支店長室の机の上には念のため二人分の辞職願を置いて来たというから驚きである。

他の冒険者達は、暇そうにホールにいた者達をエレナが個人で報酬を約束し、ここまで連れてきたらしい。

「大変だったね。すみませんカタリナさん」

「私はいいんです。本当に、皆さんが無事でよかった……」

「あー、ゴホン！　そ、そろそろこちらにもひと言もらえないのかな、ご主人様よ？」

エレナの言葉で、パッと弾かれたように抱きついていた手を離して距離を取るカタリナ。今頃になって自分の行動が恥ずかしくなってきたのだろう、耳まで真っ赤になっている。

「というか、ご主人様ってなんだ、ご主人様って！　俺はギルマスにそんな呼ばれ方をする覚えはないぞ」

「何を言う、私はシンリ殿の性奴隷だろう？」

そう言って、ウインクしながら髪をかき上げてみせるエレナ。

外見は完璧なのに、何でこんなに中身が残念なんだ、この人は……。

「だから、違うって言ってるだろう！」

「まったく、奥ゆかしいな私のご主人様は！　とりあえず一度試してみてはいかがかな？　きっと病みつきになるぞ！」

「もう、エレナったら話が進まないでしょ！」

「ふぎゃっ！」

くねくねと身をくねらせてアピールするエレナの頭に、ミリアの大剣がガツンと当てられ、彼女は頭を押さえてその場に蹲《うずくま》った。

「だがまあ、本当に助かった。ありがとうエレナ」

俺は、そう言って今叩かれたエレナの頭を優しく撫でる。

「ひゃんっ、あ、あう……」

途端に彼女は、悲鳴のような声を上げ、その後は真っ赤になって俯いてしまった。自分から迫るのはいいが、彼女は案外、逆に責められるのには弱いのかも知れない……。

「ミリアも、皆さんもありがとうございました」

俺は改めて、ミリアや協力してくれた冒険者らにも頭を下げる。

「まあ、私はエレナとは腐れ縁ですので」

「ああ、気にすんな。俺達はただの暇つぶしさ」

「おうよ！　あの伝説の『精霊姫』と『氷壁』が並び立つところが見られたんだ！　それだけでも

酒が美味くなるってもんだ」

一人の冒険者がそれを口にした瞬間、ミリアの雰囲気が一変する……。

「……氷壁……だと！　その名で呼ぶなぁぁぁっ！」

普段なら、蹴りの一つも飛んできて終わるのだろうが、今の彼女の手には愛用の大剣が握られている。

発言した冒険者はもとより、その呼び名を広めたエレナを含めた多くの者がそのとばっちりを受け、結果大剣を手にしたキレたミリアに追いかけ回されることになってしまった……。

「ハアハア……ゴホン。遅くなれば魔物に狙われやすくなります。皆さん、馬鹿なことやってないでそろそろ帰りましょうか」

重傷者こそ出なかったものの、エレナをはじめとした数人の軽傷者を作った当事者であるミリアは、息を整えるといつものクールな秘書の顔になりそう告げた。

「そ、そうですね。シンリさん達もこちらの馬車にどうぞ」

俺は、今後決してミリアの前で『氷壁』と言わないことを心に誓いながら、声をかけてくれたカタリナの乗る馬車の荷台に座る。

「よし、帰るぞ。我らの街へ！」

髪は乱れ、頭にたんこぶを作った今のエレナでは、どうにも締まらないが、彼女の号令でゆっくりと馬車は動き出す。

俺や仲間達のことを、心から大切に思ってくれた彼女達の街へ向けて……。

エピローグ

「……だから、ミリアは怒りっぽいと言うのだ！」

「それは貴女が余計な呼び名を広めるからでしょう！」

帰りの車列の中で、俺の乗る馬車の隣には、馬に乗って並走するエレナとミリアの姿があった。

一緒に追いかけ回された冒険者達は、あれ以来彼女に目線さえ合わせようとしないが、エレナはそういった状況にもすっかり慣れているのか、逆に叩かれたことに文句をつけているのだ。

なんでも二人は駆け出しの頃、互いにソロで森に入っていた時にいきなり鉢合わせ、どちらも魔物だと勘違いして戦闘になったのだという。戦闘自体は、すぐに誤解だと判明して収まったのだが、ハーフエルフでありその頃から既に魔法に長けていたエレナの放った強力な炎を、ミリアは当時愛用していたタワーシールドで防ぎ切り、すかさず片手剣で反撃に移ったらしい。

その短い応酬で互いの実力を感じ取った二人は、すっかり意気投合してコンビを組み始め、こうして現在も同じ道を歩み続けている。

「出会い……か」

師匠と出会い修行を始めた頃に、彼女からいずれは旅に出るようにとの話が出た時のことだ。

幼かった俺は、当時すっかり師匠に依存したような精神状態だったこともあって激しくそれに反対した。冥府の森でも魔眼は開眼出来たし、師匠に稽古をつけてもらえれば強くもなれる。どうして外に出る必要があるのかと……。

そんな俺に彼女は、外には大切な『出会い』がたくさん待っていて、それらは開眼のヒントであると共に、俺にとってかけがえのないものになると教えてくれた。あの当時の俺は、その言葉に込められた想いなど全く分からなかったけれど……。

「今なら、それがはっきりとわかる気がするよ……」

森を旅立ってから出会った、たくさんの人達。そしてかけがえのない存在、そう『家族』とも呼べる大切な仲間達。

エレナ達にしてもそうだ。情報収集と旅の道中の身分証明。そして生活に必要な金銭を稼ぐ目的で冒険者となり、そこで出会った彼女もまた、危険を顧みず駆けつけてくれるほどに、俺のことを想ってくれている。

魔眼の開眼条件は、俺の精神や欲求に起因する部分が多い。今後、多くの人々と出会っていくことこそ、そこに至る道に繋がっていくのだろう。そこまで師匠にはわかっていたということか……。

「やっぱり……まだまだ貴女には敵わないよ……師匠」

そう呟いて、夜空を見上げた俺は、師匠に命を救われたあの日のことを思い出していた……。

◆

「こ、ここは……」

強大な魔獣と、それに匹敵するほどの強い気配に当てられ、不覚にも気を失ってしまった俺が目を覚ましたのは薄暗い洞窟の中であった。

「おや、気がついたのかい？」

話しかけられた方向を見ると、そこには……『女神』が立っていた。

「女神……さま」

「ぷっ、やめてくれ。褒められて悪い気はしないが、我が生涯は剣のみに捧げてきたもの。武骨なる我が身は自覚しているよ」

そう言って謙遜する彼女をじっと見つめる。

輝く長い金色の髪に整いすぎなほどに美しい顔。ノースリーブのシャツに膝丈のパンツというラフな服装は、彼女のしなやかで女性らしい体のラインをはっきりと見せている。

本人も言うように、相当の鍛錬を積み重ねてきたのだろう。ボディービルダーのような筋肉の塊ではないものの、素肌の露出した腕やふくらはぎは、素人目で見ても鍛え抜かれたそれであった。

だが、俺はそんな全てを含めた彼女という存在を、心から美しいと感じていた。

今思えば、それは一目惚れ。俺の初恋であったのかも知れない……。

「遠慮のない子だね。見過ぎだよ」

「あ、はい。すみません」

気がつけば俺はずいぶん長いこと彼女を見つめていたようだ。それを彼女に指摘され、気恥ずかしさから顔を伏せる。

「話を戻そう。君は、ここがどこだか理解しているのかい？」

「……冥府の森」

「ふむ。それを理解していてなお、そこまで冷静でいられるのは正直驚きだ。ここが一般的にどういう場所だと認識されているかも、当然知っているのだろう？」

ここは凶悪な魔物がはびこる危険な場所だ。屈強な冒険者といえど、迂闊に踏み込めば半刻も生きてはいられないだろう。

まあ、だからこそ俺はこんなところに投げ込まれたわけだが……。

「貴女も魔物なのですか？」

彼女の問いに頷いた俺は、彼女にそう質問した。

今はかなり抑えているようだが、彼女から感じる気配、それは先ほどの魔獣の前に現れた強大なものと同質であったからだ。

「あっはっは。それは初対面の女性に言うセリフじゃないと思うがね。しかし魔物とは……確かにこんな場所に住んでいれば仕方ないか。実際に化け物呼ばわりされたことがあるのは否定しないが、私は正真正銘、人だよ。まあ君と種族は違うがね」

そう言って彼女は悪戯っぽく笑い、自らの髪をかき上げて見せた。そこには人間とは異なる、特徴的な長く尖った耳があった。

「エ、エルフ」

「ほう。よく知っているね。人里で暮らす者など滅多にいないと思うのだがね」

「見たのは、貴女が初めてです」

やばい、初エルフだ。ってか本当にエルフって綺麗なんだな……。

俺は、少し前まで死を覚悟していたことさえ忘れて、目の前のエルフの女性に見惚れていた。

「またそんなに見て……。まあいい。さてと、思ったより君が落ち着いているようだから、これからの話をしようか?」

彼女はそう言って、俺が寝かされているベッドの上に腰を下ろした。

「俺は………」

「君はこれからどうしたい? ああ、私は世間のことなど全く興味がない。だから事情は聞かないし、話す必要もないよ。だが、無論帰りたいと望むなら送って……」

「それは絶対嫌だ!」

彼女の言葉を遮って、俺は声を張り上げた。あの場所に帰るくらいなら、いっそこの森で魔獣に喰われた方がましだ。

待てよ……ここなら奴らは手出し出来ない。いや、むしろ死んだと諦めるだろう……。

「大丈夫。無理に連れて行ったりしないから。それで、どうするんだい?」

「ここに……ここに居ちゃ、ダメかな?」

俺のそんな答えに彼女は心底驚いた顔を見せた。

何らかの事情で、この森に放り込まれたとはわかっている。だが、大人や屈強な戦士でさえ踏み込まない冥府の森に、まさか子供が住みたいと言い出すとは、予想外だったのだろう。

「君は知っているんだろう、ここがどんな場所かと。失礼かも知れないが今の君は森でも最弱だ。そんな君が生きていけると本気で思っているのかい？」

俺には、彼女にまだ話してない特別な力『魔眼』がある。

だが、それを考慮しても体は十歳の子供のそれだ。最弱との評価は決して間違ってはいない。

「強く……強くなる！　強くなって、絶対生き残ってみせるから、だから……」

俺は真剣に彼女に訴えた。そうして彼女も真っ直ぐに俺を見つめている。

「だから？」

「俺を、ここにいさせてください！　お願いします！」

そう言って俺は頭を下げた。野生動物の社会であっても子供や弱者を庇いながらというのは、いくら強い肉食獣や巨大な象であっても自らを危険な目に遭わせる弱点にしかならない。

ましてやここは冥府の森だ。その危険度はアフリカのサバンナの比ではない。

「わかった。いいよ、構わない」

「……え？」

「居てもいいよって言ったんだが、不服かい？」

彼女は、実にあっさりと俺の願いを了承してくれた。

それは、彼女の強さゆえの余裕なのか、単なる気まぐれであったのかわからない。

その答えに驚いた俺は、彼女の問いに不服ではないとブンブン首を振ることしか出来ずにいた。

「ふふふ。ただしだ、共に暮らすと言うのなら死ぬ気で強くなってもらわねば困る。危なくて水汲《みずく》みもさせられないんじゃ話にならないからね」

なんて、なんて優しく、そしてなんて大きな人なんだろう。

この出会い、そしてこの気持ちにしっかりと応えられなければ男じゃないよな……。

「……なるよ」

「うん」

「約束する！　俺はいつか、絶対貴女よりも強くなってみせる！」

「ほう、私よりか！　うん。実にいい。それは本当に楽しみだ！」

そう言って彼女は、本当に嬉しそうに満面の笑みを浮かべ、俺をぎゅっと抱きしめてくれた。

力強くて少し痛いくらいだったけど、それは俺がこの世界に来て、初めて感じた確かな『愛情』であったに違いない。

「私は君に出会うまで、ずっと一人で生きてきた……。君なら、いずれ私を超えていけるかも知れない……」

そんな彼女が、ポツリと呟いた……。

「ただ……願わくば、君が手にする強さが、未《ま》だ見ぬ大切な誰かを、守るための強さでありますように……」

……と。

ミスティ

みんなは目の前の水たまりを見て、そこに溜まっている水の名前を気にするかしら？

雨が降ってきたからと、その雨粒の一つ一つの名前を考える？

屋根から下がった氷柱に名前があったとして、そんな事どうでもいいと思うんじゃない？

……つまりはそういう事なのよ。

私という存在はどこにでもあって、でもそのどれも私じゃない。

空気中に、土の中に、葉の上に、川の流れの中に、雲の中に、大海原に、そして氷河に覆われた大陸にだって……。

あらゆる状態で存在する『水』その全てが私。

だけどそれぞれが人間たちが言う個人という枠に収まらないから、私ではないとも言えるの。

これから話すのは、そんなあやふやな存在だった私が『ミスティ』になるまでの物語。

今も、そしてこれからもずっと私のそばにいる、とても変わった人間の少年との出会いの話……。


『ふあーあぁ……』

◆

私があくびをしただけで、周囲の水妖精たちがざわついている。

個を持たない私は、逆に言えばとても大きな存在。その身体は世界の隅々まで広がっているから、水精霊の最上位と認識されているウンディーネだって、私から見れば単なる小者。

ここは人間たちが『冥府の森』と呼ぶ場所。初めて見た時はそりゃあひどい有様だったわ。

暴龍と化した漆黒の混沌龍《カオスドラゴン》が降り立ったことで森の腐敗は急速に進み、その瘴気は大地さえも腐らせている。

でも、どういうわけか彼女は、ある時期から自らの意思で休眠状態に入り、そのおかげで瘴気の流出も最低限に抑えられていった。まあ、それでも現在のように森として復活するまでには、何百年かの時間がかかったけどね。

『また来た……』

ある日、魔物しか存在しないはずのそんな森の中に一人のエルフが住み着いた。

美しいけど、どこか暗い影のある彼女はいわゆる世捨て人であるらしい。

そのくせめっぽう強くて、そこいらの魔物では全く歯が立たない彼女のことが少し気になり、私は彼女の住処の裏手にある泉にしばらく留まることにした。ただ見ていることにも飽きてきた頃、彼女は魔物に襲われていた少年を助けて住処へと連れ帰った。

それが今、私の目の前で淡々と水汲みをするこの男の子なんだけど……。

『やっぱり、見られてる気がするのよね……』

個でない私の存在はあやふやで、上級の精霊よりも遥かに認識し難いもの。あの女も只者ではないようで、この地に集まる精霊や妖精を普通に視認しているように感じる。たとえそんな彼女であっても、当然私の存在は捉えられない。

なのにこの子は、水を汲みながらいつもチラチラとこちらを見ている気がする……。始めはもちろん、気のせいだって思ってたんだけど。

今日は泉の上。昨日は脇の岩の上。その前は近くの木の上から……。

そうやって見る場所を変えているのに、この子は私が見ている方をチラチラと気にする素振りを見せる。

『何よりあの目よ。あれって前が見えているのかしら？』

彼の右目はとても珍しい黒い瞳をしている。世界中を見ている私ですもの。当然見たことがないなんて言わないわ。でも、もっと変わっているのはその左目よ。

瞳の色は薄くてグレーとか銀色っていう感じかしら、時折光を反射すると虹色に輝いて見える、本当に不思議な瞳。

『もしかして、あの瞳に秘密があるのかしらね……』

死という終着点のない私には時の流れなんて些細なこと。

そんなことを考えながら、毎日この子を見ていたら、いつの間にか二年近く経ってしまった……。

◆

（ねえ、貴方。私の声が聞こえる？）

そんなある日、私はついに彼に話しかけてみる事にした。実体が無いのが私だから、空気を振動させて音を出す事は出来ない。だから私は彼の頭の中に語りかけてみたの。

「誰？　聞こえるけど……君は誰だい？」

誰……か。そういえばそうだ。話しかけてみたものの、私自身明確な存在を持たないのに何て答えればいいのだろう。

（……貴方をずっと見ている者よ）

……って、私何言ってんだろう。もしこれまでの事が全て私の気のせいで、彼が本当は何も見えてなんかないんだったら？　やだ、私格好悪い……。

「やっぱり！　やっぱり見ていてくれたんだね」

（……えっ？）

彼の答えは全くの予想外。見ていてくれた……それって私の姿は見えてないけど、私が見てるのは知っているってこと……。

確かに、冷静になれば個を持たない私にその『姿』などあるはずが無いのだ。その位置から観察している、という意識がそこにただ在るだけ。でも彼はそれを感じているとでも言うの？

（ふん。つまらない嘘をつくのね。おおかた私の話になんとなく合わせているだけなんでしょう？）

「そんなこと無いよ。僕は初めてこの泉を訪れた時から君の視線を感じてた」

（感じてたですって？）

「そうだよ。よく分からないだろうけど、僕にはこの世界に来る前の記憶があるんだ。その世界で僕の母だった人。彼女はいつも優しい目で僕と妹を見守っていてくれた。広い公園を走り回っていても、母はいつも僕らを見ていてくれるんだって思うと、本当に安心出来た。どうしてだろう……。君の視線からは、そんな母に似た優しさを感じるんだ。師匠は、気のせいだっていうんだけど……。やっぱり見てくれてたんだよね」

何よこいつ……。どうしてこんな得体の知れない相手に話しかけられて、そこまで嬉しそうな顔が出来るのよ。もし、悪魔や魔物の類だったらとか考えないわけ。

それに別の世界ですって……。本当に何なのこいつ。

（ふーん。でも残念ね。私は、私であって私ではないの。だから貴方が私が見てたって言ってるのは、やっぱり単なる気のせいだわ）

「そんなことないよ。だって今こうして君という存在と話しているじゃないかぐ……。確かにそうだわ。私、いったい何やってるんだろう。

一箇所に留まってみたり、話しかけてみたり……。これじゃあまるで『私』って存在がここに在るみたいじゃない。

（生意気な人間ね。そこまで言うなら私と勝負しましょう！）

「勝負?」

（そうよ！　これから一週間。私は毎日見る場所を変えるわ。本当に分かってるって言い張るのなら、毎日その場所を当ててみなさい！）

「わかった。そんなの簡単だよ」

簡単ですって……。面白いじゃない。

(でもいいの？　私はいわば『水』そのもの。この勝負に負けたら、もうこの泉も消滅させるわ。今後一切、あなたの周りに『水』はあげない)

さあ、怖気付きなさい。感じてるなんて、どうせ所詮は嘘なんだから。今のうちに謝るなら三日間水を取り上げるくらいで勘弁してあげるわ。

「わかった。でも僕が勝ったら？　僕が勝ったらどうなるのさ」

(うふふふ。あーはっはっは。勝つですってぇ。面白い！　いいわ、貴方が勝ったら貴方の願いを一つだけ叶えましょう)

「うん。わかった！」

所詮は愚かな人間ね……。

いざとなれば彼から見えない私は、そこじゃないって言えば済むだけのこと。初めから勝負になどなりはしないのに。

ともあれ、翌日からそんな妙な勝負が始まった……。

◆

最初の三日間は、これまで同様に泉の近くで場所を変えてみた。

「おはよう！　見つけたよ」

(ふん。まだまだ本番はこれからよ)

彼は、水汲みに来ると、迷わず私の前に来てそう言ってにこやかに笑ってみせる。

……まさか本当に感じている。いや、きっとまぐれよ。そんなはずはない。

四日目からは、少し離れた森の中に入ってみた。

いつものように水汲みに来た彼は、しばらく辺りをキョロキョロしていたけれど、水を汲み終わると洞窟の中へと姿を消した。

……ほらね。やっぱりただのまぐれだったんじゃない。

そう考えると、どこか残念に思っている自分がいる。……ところが。

「はあはあ。森に入るときは武器を携帯しなさいって言われているんだ。準備に手間取ったけど、今日も見つけたよ」

（なっ！）

見れば確かに、彼は弓矢を担ぎ腰に短剣を差した姿で、私が居る木の下に立っている。一旦戻ったのはこの為か……。

だとしたら、いいえそんなはずはない。

（ふーん。やるじゃない。明日はこうはいかないけど！）

見てなさい。明日には貴方が言ってることなんて全部嘘だって証明してあげるんだから……。

そう思って、今日は泉と正反対の森の中から見ていたのに……。

「こんにちは。今日はこっちだったんだね」

（なんなのよ！　もうっ！）

どうやら、彼が私の視線を感じているというのは本当みたいだ。

なんだか馬鹿らしくなった私は、翌日は普通に泉の上から見ていて、あっさりと見つかったフリをした。あと一日だねなどと言いながら、嬉しそうに帰っていく男の子。

『何がそんなに楽しいのよ。明日、私が話しかけなければそれで終わり……。そうよ、初めからアンタに勝ち目なんか無いんだから……』

◆

そうして迎えた勝負の最終日。

私は、この森のやや中心付近まで行って一本の高い木の上から見ていることにした。

朝になると、いつものように少年が水汲みに姿を見せ、そしてキョロキョロと辺りを見回し……。

『やっぱり、私が見ていることがわかっているのね……』

やはり彼は、すぐに気付いてこちらの方向をを見た。とは言っても、私たちの間にはこれまでとは比較にならない距離がある。

それでも彼は、しばらくして身支度を整え出てくると、森の中をこちらに向かって歩き出した。

それから、二時間ほど経った頃だろうか。軽快な足取りで、みるみるこちらに迫っていた彼の足取りが急に衰《おとろ》え始める。

しかも、時々苦しそうに胸を押さえて前かがみになって休むことも増えてきた気がするけど……。

『なるほど、森の瘴気ね……』

冥府の森と呼ばれるこの森の中心には、『混沌龍』が休眠している。

もっとも、この少年が森に入って来たのに呼応するように彼女もその姿を変化させていて、瘴気の発生も以前とは比べられないほどに抑えられているわ。それでもまだ人間の脆弱な身体では、それには耐えられないでしょう。

『なんてつまんない幕切れかしら。でもまあいいわ。洞窟に戻ればあのエルフが浄化してくれるでしょうから死ぬことはないでしょう』

中心部に瘴気が濃いのだということは、エルフの女に習っていたはず。そのうち苦しくなって彼も諦めて帰るだろう。


『そう思っていたのに……』


さらに一時間ほど経つと、彼は私の居る大木のすぐ下まで迫っていた。

でも、瘴気による影響は明らかに彼の体を蝕んでいて、最早立っているのでさえやっとの状態に見える。

「ゴフッ、ハアハア。今日は……随分遠くにいたんだね。……ぜえぜえ」

(…………)

ここでいつものように応えさえしなければ、この勝負は私の勝ち。

そうよ、このまま黙ってさえいればいい。本当に馬鹿な人間……。

「ハアハア……。今日は、応えてくれないん、ゴフッ！　ぜえぜえ……だね」

何を一人でブツブツと言ってるのかしら。

もう立っていることも出来なくなった彼は、大木に背を預け、根元に座り込んでしまった。

そんなに苦しいんだったら、さっさと諦めて帰ればいいのに……。

「師匠が、言ってたんだ。ハアハア……君はたぶん精霊なんじゃないかって……」

誰が精霊よ！　馬鹿にして。そんなことといいから、早く帰らないと死んじゃうわよ、この馬鹿！

「せ、精霊との契約には複雑な陣が必要なんだって……でも、そんなもの無くていい。ゲホゲホッ！

ハアハア……」

吸い込んだ瘴気が、すでに身体中に回り始めているのだろう。この状態では、彼はもうとても洞窟へは戻れそうにない。

「……僕は、契約したいんじゃないんだ。ただ……がはっ！　ぜえぜえ。ただ僕は、優しく僕を見守ってくれた君と……ハアハア」

もう、そんなに無理をして……。何がしたいのよこの子は。

「君と……友達になりたいんだよミスティィィッ！」

（…………ミスティ？）

しまった！　彼が絞り出すようにして叫んだ私の『名前』。それに驚いて思わず応えてしまった……。

「ハアハア……。あはは、やっぱり居てくれたんだね。そうだよ、僕が毎日考えた君の名前だよミスティ」

（私の……名前）

不思議なものね……。

さっき私が言ったことには、一つだけ間違いがあったようだ。

水は凍ることによって『氷』という名で呼ばれ、それが屋根から垂れ下がると『氷柱』という名で呼ばれる。そう、それらはもうすでに、水であって水でないものに変わっているのよ。

つまりはそういうことが、この私の身にも起ころうとは……。

『我が名はミスティ……』

彼にその名を与えられた事で、私はそれまでの『存在』から切り離され、その瞬間『ミスティ』という個を持つ存在に変わったのだ。

半透明でやや不慣れな人型で、彼の隣にふわりと降り立った私の姿を、少年はキラキラした目で見つめている。

「綺麗だよミスティ……」

そう呟いて、ぐったりと意識を失うこの少年が、これ以上瘴気に苦しむことはない。

だって私は『ミスティ』。
彼を守護し、その『盾』となる者。
彼に加護を与え、その身を常に『癒す』者。
そして、これからずっと彼のそばにいる……『友達』なのだから。

あとがき

皆様初めまして！

本作『魔眼のご主人様。』を書かせていただいております黒森白兎です。

まずは、この本をご購入いただきましたこと、心より感謝いたします。

Ｗｅｂ版からお読みくださっている方はご存知かと思いますが、本作は小説投稿サイト『小説家になろう』にて連載中のものです。

私が同サイトを知ったのは、とあるアニメの原作を読みたいと考え、たどり着いたのがきっかけでした。

そこには、その作品以外にもたくさんの方々が執筆されたとても魅力的な作品の数々があり、読書好きな自分は気がつけばすっかりはまってしまってましたね。特に異世界ファンタジーは、頭を空っぽにしてその作品の世界の中に浸ってしまえるので大好きです。

そうして気がつけば自分なりの異世界をイメージするようになり、勢いに任せてそれを自らの手で書き始めていました。

それが、シンリ達が旅するこの『魔眼』の世界。

「お兄様」や「主様」「シンリ様」……呼び方はそれぞれ違えどもシンリを『ご主人様』として慕い、付き従う美少女たち。彼らの旅の先にあるものは……。

次巻以降も、そんなシンリたちの冒険を皆様にお楽しみいただければ幸いです。今後ともどうぞよろしくお願いいたします。

最後に、この書籍が生まれるきっかけとなった、Ｗｅｂ版の読者様、知人の皆様。

その機会を与えてくださったＴＯブックス様。

そしてこの未熟な私と一緒に、この本を作り上げてくださった、担当編集者様。多くの注文をつけたにもかかわらず素敵なイラストを描き上げてくれた、がおう様。校正やデザイン、さらには印刷、製本作業に関わってくださった皆様。

そして今、このあとがきを読んでくださっている、あなたへ。

全ての皆様に、今私に出来る最大限の感謝を！

二〇一七年一月　黒森白兎

魔眼のご主人様。

2017年5月1日　第1刷発行

著　者　黒森白兎

発行者　本田武市

発行所　TOブックス
〒150-0045
東京都渋谷区神泉町18-8　松濤ハイツ2F
TEL 03-6452-5678（編集）
　　0120-933-772（営業フリーダイヤル）
FAX 03-6452-5680
ホームページ　http://www.tobooks.jp
メール　info@tobooks.jp

印刷・製本　中央精版印刷株式会社

ISBN978-4-86472-568-2

Printed in Japan